Adolf Stern

Der Pate des Todes

Verone

Adolf Stern

Der Pate des Todes

1st Edition | ISBN: 978-9-92500-125-5

Place of Publication: Nikosia, Cyprus

Erscheinungsjahr: 2016

TP Verone Publishing House Ltd.

Reproduktion des Originals in Großdruckschrift.

Adolf Stern

Der Pate des Todes

Vor einer Viertelstunde war der stattliche, junge Mann im Gasthof auf dem Inselsberge angelangt, dem er über den Rennsteig von der »Hohen Sonne« her zugewandert war. Er hatte glücklich eines der letzten freien Kämmerchen für sich zum Nachtquartier erhalten, war hinaufgegangen, um sein Ränzel abzulegen und den Staub eines langen heißen Sommertages im frischen Wasser abzuspülen. Jetzt saß er im großen Gastzimmer, hatte sich bei dem aufwartenden Kellner ein verspätetes Mittagsessen bestellt, erquickte sich mit sichtlichem Behagen an Würzburger Wein und Harzer Sauerbrunnen und richtete, da eben der Wirt selbst in seine Nähe kam, an diesen die Frage: »Sie haben hoffentlich keine Briefe, kein Telegramm für mich – Doktor Buchhoff aus Berlin?«

»Doktor Buchhoff – Erwin Buchhoff?«, fragte der Wirt zurück und blickte aufmerksam grüßend den schlanken Fremden mit dem bräunlichen Gesicht, den dunklen Augen und dem kurzgestutzten, dunklen Vollbart an.

»Gewiss, Doktor Erwin Buchhoff! Haben Sie wirklich etwas für mich?« klang die Antwort, und der Frager, der schon aus der Nennung seines Vornamens und der Miene des Wirtes erriet, dass mehr für ihn angelangt sei, als ihm lieb sein konnte, erhob sich von dem Sitze, den er kaum erst eingenommen hatte.

»Allerdings, Herr Doktor – zwei Telegramme, ein Brief und draußen ist auch schon seit drei Stunden der Kutscher mit dem Wagen aus dem Bergfelder Schloss, der von Brotterode heraufgekommen ist!« Damit wandte sich der Wirt nach dem Nebenzimmer und zu dem Glaskasten, in dem er Briefe und Schriften aufzubewahren pflegte. Der Ankömmling folgte ihm auf dem Fuße, warf einen Blick auf die Handschrift des Briefumschlags und riss dann die verschlossenen Depeschen auf. Indem er sie überflog, konnte der Wirt wahrnehmen, wie eigentümlich scharf und fest das Auge des Fremden auf den wenigen Zeilen ruhte. Doktor Buchhoff entging nicht, dass die kurze Verhandlung mit dem Wirt ihm neugierige Blicke von verschiedenen mit Gästen besetzten Tischen des großen Gastzimmers her eingetragen hatte. So sagte er also leiser, als er seither gesprochen hatte: »Nach diesen Depeschen werde ich heute Abend und morgen früh nicht bleiben können – Sie mögen mein kleines Zimmer weiter vergeben! Aber essen muss ich erst hier – ich bin von der siebenstündigen Fußwanderung zu matt und hungrig. Sagten Sie nicht, dass schon ein Wagen und ein Kutscher für mich da waren?«

»Gewiss, Herr Doktor – der Martin Vollborn aus Klein-Schmalkalden, mit einem landgräflichen Jagdwagen!« versetzte der Wirt, der inzwischen in seinem Gemüt die Anstalten, mit denen man nach dem fremden Arzt verlangte, und die Jugend desselben verglichen hatte und in dessen Augen der Gast an Wichtigkeit wuchs. »Soll ich ihn hereinschicken, ihm sagen, dass der Herr Doktor angekommen sind?«

»Warten Sie, bis ich mich halbwegs gestärkt habe,« entschied Doktor Buchhoff. »Wenn er schon stundenlang wartet, wird er ungeduldig sein, und eine kurze Rast muss ich mir gönnen. Lassen Sie mir mit der Suppe gleich meine Rechnung bringen und sagen Sie dem Zimmermädchen, dass sie meine Tasche und mein Plaid wieder herunterbringt. Ich habe nichts ausgepackt als meine Bürsten und ein Stück Seife.«

Doktor Buchhoff begab sich nach seinem Sitze in der Nähe des offenstehenden Fensters zurück, legte die beiden Drahtbotschaften vor sich auf den Tisch und verglich sie noch einmal prüfend. Sie waren klar genug und ließen keinen Zweifel. Die eine lautete: »Doktor Erwin Buchhoff. Inselsberg. Professor Heiding telegrafiert an mich, wie folgt: Schicken Sie mir, wenn irgend möglich, Buchhoff nach Schloss Bergfeld, oder Schmalkalden. Gab ihm Adressen Inselsberg und Schmücke. Willovius.« Die andere: »Doktor Erwin Buchhoff aus Berlin. Inselsberg. Bin nicht auf dem Gute. Komme sofort nach Empfang zu mir, Schloss Bergfeld. Heiding.« Und da war auch der Brief von Heidings Hand. Er trug, wie Doktor Erwin erst jetzt bemerkte, keinen Poststempel; vermutlich hatte ihn der Kutscher, von dem der Wirt gesprochen hatte, mit hier heraufgebracht. Mit einem leisen Seufzer öffnete der junge Mann das Schreiben, obschon er den Inhalt zuvor wusste. Nachdem er es gelesen, saß er nachdenklich, auf seinen Holzstuhl ein wenig zurückgelehnt. Die Aussicht nach der zum Teil heißen und anstrengenden Fußwanderung über den Rennsteig, ein paar Stunden bergab und waldein im Wagen gerüttelt zu werden, erschien ihm nicht lieblich. Aber im Grunde geschah nur, was er in Berlin vor seiner Abreise voraus befürchtet hatte.

Der ungewöhnlich heiße Hochsommer war bereits bis in den August vorgerückt gewesen und die Morgen und

Abende begannen schon wieder kühler zu werden, ehe es ihm gelungen war, den durchglühten Steinmassen der großen Hauptstadt und den zahlreichen, ernsten Pflichten, die er dort auf sich genommen hatte, aufatmend zu entrinnen. Seit vier Jahren war es die erste Erholung, die er sich auf Wochen oder auf Tage gönnen durfte. Denn der gefeierte Universitätslehrer und Arzt, zu dessen Schülern und jüngeren Beiständen er gehörte, hatte, als Doktor Buchhoff Sehnsucht nach den Alpen verriet, ihn dringend gebeten, sich nicht allzu weit von Berlin zu entfernen. Geheimrat Willovius wollte seine eigene Seebäder bis zu dem Zeitpunkt verschieben, wo Doktor Buchhoff, der einzige von seinen Assistenten, der ihn schon selbstständig vertreten konnte, zurückgekehrt sein würde. Doch auch für die kurze Erholungsfrist hatte der Geheimrat die Möglichkeit, den jungen Kollegen in einem äußersten Fall rasch zurückrufen zu können, lebhaft befürwortet. So hatte sich Doktor Buchhoff entschließen müssen, seine Schritte nur nach Thüringen zu lenken, von wo, wie Willovius fast vergnügt bemerkte, man jederzeit am Tage des Empfangs einer telegrafischen Botschaft wieder nach Berlin zurückzugelangen vermöge. Zur Sicherstellung solcher Botschaft waren die Stationen der geplanten Reise sorgfältig bemerkt wurden, nur mühsam hatte Doktor Buchhoff seinen Lieblingsvorsatz, quer über den einsamen Rennsteig zu wandern, gegen den Einwand aufrechterhalten, dass es von dort überall zu weit zur Eisenbahn sei. Die Nachwirkung dieser Gespräche hatte der junge Arzt in den ersten Tagen seiner Reise nur allzu lebhaft empfunden. Es war ihm, während er die Parks bei Weimar durchstrich und durch schattige Wälder und Waldgründe seinen Weg nach Paulinzelle und Ilmenau verfolgte, immer noch zumute gewesen, als klirre ihm eine Fessel am Bein, und so oft Telegrafenstangen seine Straße begleiteten, hatte er sehr argwöhnisch zu den Drähten emporgeblickt; ja, wenn er am Abend die Herberge betrat, die Frage nach Briefen oder Telegrammen für Doktor Erwin Buchhoff ohne seine gewöhnliche ruhige Entschiedenheit hervorgebracht. Erst nach Verlauf einer Woche und nachdem er in Eisenach einen liebenswürdig beruhigenden Brief des Geheimrats Willovius vorgefunden hatte, begann der Reisende zu hoffen, dass es sich um eine überflüssige Vorsichtsmaßregel gehandelt habe und dass er sich der schwer errungenen Ferienwochen ohne Zwischenfall und Unterbrechung erfreuen werde. In dieser Hoffnung hatte Doktor Erwin am Morgen des heutigen Tages bei der hohen Sonne den Rennsteig betreten, hatte durch die im Morgenwind schwankenden Rahmen des Buchengezweigs noch einmal nach der schimmernden Wartburg zurückgeschaut und war dann in die tiefe Stille, den erquickenden Schatten der übergrünten alten Hochstraße getaucht, um vor dem Spätabend den Gasthof auf dem Inselsberg zu erreichen.

Nun war er an diesem Ziele angelangt, und es gewann den Anschein, als ob der sonnige Tag auf dem einsamen Rennsteig, der hinter ihm lag, der letzte beglückende Reisetag bleiben sollte. Immer wieder blickte er auf Professor Heidings inhaltschwere Zeilen und erinnerte sich, wie viel er gerade am heutigen Tage dieses Paten, seines ersten Lehrers und Wohltäters, gedacht habe. Seit Jahren hatte er heute, auf der stundenlangen, traumstillen

Wanderung, hoch über grünen Waldwegen und blauen Hügelzügen, wieder einmal seinen Erinnerungen leben dürfen. Arbeitend, forschend, Tag für Tag und ungezählte Nächte hindurch tätig, in seinen wenigen Erholungsstunden im Kreise von Fachgenossen und Freunden weilend, hatte Erwin Buchhoff selten Augenblicke gehabt, in denen er sich selbst gehörte und rückwärts schauen konnte. Heute aber hatte sich aus dem Gedanken, den Rennsteig nur bis zur Schmücke zu verfolgen und dann seinen Paten und väterlichen Freund, den Würzburger Professor Heiding, zu besuchen, der die Sommer auf einem ihm gehörigen waldeinsamen Gute in der Nähe von Suhl verbrachte, ein buntes Gewebe von vergangenen Tagen und weit zurückliegenden Erlebnissen hervorgesponnen. So oft sich Erwin auch emporrichtete und sich sagte, dass es der träumerischen zwecklosen Erinnerungen genug sei, so waren doch die Bilder der alten Tage mit dem Harzduft der Tannen, unter denen er hinging, und mit den flirrenden Sonnenstrahlen, die den letzten Morgentau von Zweigen und Halmen sogen, auf ihn eingedrungen. Ob er wollte oder nicht, mit jedem Gedanken an Heiding verband sich das dankbare Gefühl, dass er dem ausgezeichneten Manne im Grunde alles schulde und nur durch dessen aufopfernde Hilfe allen seinen Lebenszielen näher gekommen sei. Wenn er sich heute darauf gefreut hatte, Heiding viel Neues zu berichten: ein paar schwierige Operationen, die ihm glücklich gelungen waren, die Vollendung einer wissenschaftlichen Arbeit, zu der ihm sein alter Lehrer vorzeiten die erste Anregung gegeben hatte, die gewisse Aussicht auf die außerordentliche Professur nach drei Dozentenjahren – so musste er eben auch der Vergangenheit bis in die Knabenzeit zurück gedenken. Und so hatte er heute sich selbst, den armen Weingärtnersbuben vom Würzburger Frauenberg, wieder erblickt, der mit scheuer Ehrfurcht zu seinem Taufpaten, dem Professor Erwin Heiding, emporschaute und sich erst nach und nach bewusst ward, dass der Universitätslehrer Wohlgefallen an seinem aufgeweckten Wesen fand. Er hatte den Ton wieder gehört, in dem ihm Heiding eines Tages ankündigte, dass er die Lateinschule besuchen solle, und sein eigenes weithinschallendes Jauchzen bei dieser Freudenkunde war in seiner Seele neu erwacht. Er hatte, während er über den Heidekrautteppich des Rennsteigs hinschritt, auf viele Jahre zurückschauen müssen, in denen der Schüler, der Student, der junge Arzt immer und überall die Hilfe, die Lehre, den Rat und die nie ermüdende Teilnahme seines Paten gefunden hatte. Was er wusste und war, blieb Heidings Werk, und Erwin Buchhoff würde nie daran gedacht haben, sein Leben von dem des Meisters zu trennen, wenn nicht der Professor selbst, mit der großartigen Selbstlosigkeit, die ihn durchdrang, seinen Paten auf neue Wege gewiesen, ihn von sich hinweg nach Berlin gesendet hätte. Der Erfahrene hatte recht gehabt – recht wie immer! Sagte Doktor Buchhoff mitten im stummen Selbstgespräch laut vor sich hin. Aber selbst heute noch empfand der junge Mann, wie schwer ihm doch seinerzeit die Trennung von dem väterlichen und treuen Freunde gefallen war. Mit dem ersten Gedanken an eine notwendige Erholungsreise hatte sich der Wunsch verknüpft, Heiding wiederzusehen, und nur die Gewissheit der Begegnung mit ihm, auch bei der kürzeren Ausfahrt, hatte Erwin ohne allzu schweren inneren Kampf auf die Alpen Verzicht leisten lassen.

Jetzt war ihm das ersehnte Wiedersehen noch an diesem Abend gewiss, aber anders und an anderer Stelle, als er es auf dem einsamen Pfad und im Schatten breitästiger Buchen geträumt hatte. Sein Mittagessen erschien; *er* nahm es ohne Hast, doch nicht mit dem Behagen wirklicher Ruhe ein und würzte sich die wenigen leichten Speisen, indem er nochmals Professor Heidings Brief durchlas. Dem mit der Rechnung herzutretenden Wirt sagte er, noch in den Brief blickend:

»Sie können also dem Bergfelder Kutscher wissen lassen, dass ich gefunden bin und dass er anspannen mag, wenn's denn einmal sein muss. Sind Sie im Bergfelder Schloss bekannt? Wer ist die kranke Dame dort – die Prinzessin von Grumbach?«

»Eine jüngere Schwester des Landgrafen Heinrich Durchlaucht! Der alte Landgraf Philipp war dreimal verheiratet, zuletzt mit einer Gräfin Ostheim, von der sie die Tochter ist. Sie soll lebensgefährlich krank sein!«

»Es scheint so«, erwiderte der junge Arzt kurz. »Lassen Sie mir noch eine Tasse Kaffee geben und erinnern Sie das Mädchen an meine paar Sachen. Sobald der Kutscher fertig ist, will ich abfahren.«

Er hatte die harmlose Redseligkeit des Wirtes unterbrechen wollen und erfuhr alsbald, dass er wohlgetan haben würde, mit diesem bis zu seiner Abfahrt zu plaudern. Denn der Wirt erfüllte zwar auf der Stelle die Wünsche und Aufträge seines jungen Gastes, trat aber dann zu anderen Tischen und erzählte, immer den Blick fest auf den Berliner Arzt heftend und die Blicke anderer Reisender auf ihn lenkend. Bald schlugen die Namen der Landgrafen Philipp und Heinrich, der Prinzessin von Grumbach, die er selbst zum ersten Mal vernommen, aus dem rücksichtslosen Geplauder verschiedener Gruppen an sein Ohr. Ein älterer Herr – sichtlich ein kleinstaatlicher Beamter, der in allem Hofklatsch der Welt zu Hause schien – ließ, die umsitzenden Gäste belehrend, Doktor Erwin mehr von dem Hause erfahren, in das er gerufen war, als er vorderhand zu wissen begehrte. Wenn er noch zehn Minuten dort hinüber hörte, würde er in Schloss Bergfeld beinahe so gut Bescheid wissen, als in Geheimrat Willovius' Villa am Berliner Tiergarten – es war Zeit, dass er aufbrach. Zum Glück brachte man ihm den Kaffee und gleich darauf stellte sich auch der Kutscher vor, ein baumlanger Gesell, der gewohnheitsmäßig unter jeder Tür den Kopf in die Schultern zog. Er trug braune Livree mit Silber und grüßte militärisch, der Wirt hatte auf den jungen Arzt gewiesen, aber Martin Vollborn hätte des Fingerzeiges nicht bedurft. Er erkannte den rechten Mann sofort, meldete kurz, dass eingespannt sei und dass, wenn der Herr Doktor sich beeile, man noch vor Nacht an Ort und Stelle sein könne.

»Und mich dünkt, Herr Doktor, der alte Herr Professor, den ich vor drei Tagen aus Suhl geholt, wird froh sein, wenn er Sie zur Seite hat«, fügte der Thüringer hinzu. Der Ausdruck seiner Augen, seines Mundes ließen dem jungen Arzt keinen Zweifel, dass ihm eine wohlwollende Anerkennung gewidmet werden sollte.

Er lächelte und sagte kurz: »Professor Heiding ist der Mann, ohne jeden Beistand zu helfen, wenn geholfen werden kann.«

»Ich sehe, was ich sehe«, meinte Martin Vollborn hartnäckig. »Festes Auge und feste Hand schaden niemalen, das muss ein alter Soldat wissen!«

Erwin Buchhoff fand für gut, nichts mehr zu erwidern, er trat von dem Kutscher und dem Wirt begleitet vor das Haus, an dessen Stufen der hochsitzige, leichte Jagdwagen, mit einem Paar stattlicher Rappen bespannt, hielt. Das kleine Gepäck des Fußwanderers lag auf dem Rücksitz, dessen linke Hälfte für ihn frei geblieben war. Der junge Arzt stieg auf, der Kutscher hatte die Zügel ergriffen, und die ungeduldig gewordenen Pferde zogen an, ehe sich Martin in den Bock zu schwingen vermochte. Aber mit mehr Gewandtheit, als man der langen, steifen Gestalt zutrauen mochte, kam er zurecht, während der Wagen schon die Straße abwärts rasselte und Doktor Erwin, noch einmal nach dem Gasthof zurücksehend, wahrnahm, dass ihm aus Tür und Fenstern teilnehmend neugierige Blicke genug folgten. Er schlug, der plötzlichen Unterbrechung seiner Reise nachsinnend, die schützende Decke um sich. Hier oben auf der Höhe lag noch immer Abendsonnenschein, die Baumwipfel schimmerten in Gold und Glut, aber aus den tiefer liegenden Talschluchten quoll es kühl empor. Der junge Mann atmete mit Behagen noch einmal den Waldduft, der ihn während des Wandertages umhaucht hatte – im Vorgefühl, dass es mit seiner Erholung zu Ende sein werde. Während er gewiss genug war, einer sehr ernsten Pflicht entgegenzufahren, regte sich etwas wie die

Luft zu einem Abenteuer in ihm. Die ungewohnte Art, wie der Ruf zu dieser Pflicht an ihn ergangen war, und die Unbekanntschaft mit dem Ort und allen Verhältnissen, denen er auf Wunsch seines alten Lehrers zueilte, gaben einem im Leben des Arztes nicht ungewöhnlichen Ereignis einen fremdartigen Reiz und Hauch.

Die Straße senkte sich tiefer, rechts und links von langen Waldzügen eingesäumt, lag sie schon im vollen Abendschatten, und der junge Arzt sah gedankenvoll an den dunklen, schlanken Tannen bis zu den rotglühenden Spitzen und den farbigen Wolken empor, die über die Spitzen hinzogen. Er hatte den Kutscher gefragt, in welcher Zeit sie Schloss Bergfeld erreichen würden, und war nach der Antwort wieder verstummt. Er scheute sich, ein längeres Gespräch mit Martin Vollborn anzuknüpfen, so viele Lust dieser dazu verriet. In beinahe drei Stunden hätte sich wohl manches von dem langen Thüringer erfahren lassen – doch eben die einfachste Frage, an welcher Krankheit die junge Dame darniederliege, zu der Professor Heiding gerufen sei, wollte Doktor Erwin nicht über die Lippen. Er mochte keine fremde Vorstellung, kein Vorurteil in sich aufnehmen, bis er seinen Lehrer gesprochen und selbst gesehen habe. So währte es etwa eine halbe Stunde, dass die beiden schweigsam durch den Abend dahinfuhren. Martin Vollborn, der anfänglich die günstigste Meinung von dem jungen Arzte gefasst hatte, begann an seinem Fahrgast irrezuwerden – diese stumme Zurückhaltung schien ihm nicht die Art, mit einem gedienten Manne zu verkehren. Als er den Berliner Doktor wieder ansprach, gedachte er zu ergründen, ob es Blödigkeit oder Hochmut sei, was den jungen Mann abhielt, sich in eine ersprießliche Unterhaltung zu vertiefen. Nachdem er die Erlaubnis erbeten, seine Pfeife in Brand zu setzen, hob Martin an:

»Wills wünschen, Herr, dass ich die Rappen nicht umsonst eingespannt habe – meine aber immer, dass der Professor vom Ruppberger Hof und Sie zu spät geholt worden sind und dass es um unser armes Prinzesschen geschehen ist; dass sie krank war, hat jedermann schon längst merken können – sie wollten's aber im Schloss durchaus mit dem alten Physikus aus Liebenstein zwingen, der bei der seligen Durchlaucht Leibarzt gewesen! Und nun haben sie's – haben wir's! Denn sie – na, ein herrschaftlicher Diener darf nichts gesagt haben. Aber wahr bleibt doch wahr: Prinzess Hildegard ist die Beste von allen, und wenn sie stürbe – ich sage Ihnen nichts! Herr Doktor, aber tun Sie, was Sie können! Dass dich –!« Der Anruf galt dem Handpferd, das vor einem am rechten Straßensaum auftauchenden weiß gestrichenen Stein scheute. Aber der Ruf ward von einer so ausdrucksvollen Gebärde und einem so zornigen Peitschenschlag in die Luft begleitet, dass der Arzt merkte, der Kutscher sei froh, seinem gepressten Herzen irgendwie Luft machen zu können. Doktor Erwin fühlte zugleich, dass er entweder dem Mitteilungslustigen Stille gebieten oder das Gespräch aufnehmen und lenken müsse. Die halben Worte des Mannes weckten Neugier und Teilnahme, und er brauchte ja keine Frage zu tun, die der Krankheit der gepriesenen Prinzessin galt. Er verhalf dem Kutscher zu Feuer und sagte dann, sich neu zurechtsetzend und dem Vorderteil des Wagens ein wenig zugeneigt:

»Wie alt ist eigentlich Eure Prinzess Hildegard?«

»Neunzehn - nein, zwanzig Jahre muss sie sein! Sie ward in dem Herbst getauft, wo ich zu den Fünfundneunzigern nach Gotha einrücken musste. Im nächsten Sommer gingen wir nach Frankreich!«

»Und seit wann sind Sie im Dienste der Landgrafen von Bergfeld?«

»Na, das sind auch schon fünf Jahre,« entgegnete Martin Vollborn. »Wird aber wohl am längsten gedauert haben, Herr Doktor – wenn's zum Schlimmsten kommt.«

Das Gespräch nahm immer wieder die Wendung, die dem Arzt nicht behagte, er suchte abermals auszuweichen und fragte wieder: »Die kranke Dame lebt bei ihrem Bruder, dem Herrn Landgrafen Heinrich? Oder war sie nur zum Besuch dort anwesend und ist während dieses Besuches erkrankt?«

Der Kutscher machte eine heftige, verneinende Kopfbewegung und schien seine Antwort längere Zeit zu überlegen. Ein paar Biegungen der Landstraße nötigten ihn, schärfer acht auf seine Rappen zu haben – als aber die Straße wieder glatt auf den Kirchturm von Brotterode zulief, wandte er sich zum Fahrgast rückwärts und sagte leiser:

»Prinzess Hildegard lebt das ganze Jahr im Bergfelder Schlosse. Sommers und Winters, Herr Doktor – und pläsierlich ist's da meist nicht. Dem Landgrafen Durchlaucht gehört das Schloss samt allem Zubehör – aber er kommt im Sommer höchstens zwei Monate und ein- oder zweimal im Winter auf eine Woche zur Jagd. Die alte Durchlaucht ist eben zu früh gestorben, hat schlecht –

so gut wie gar nicht für das arme Kind gesorgt! Hat's wohl anders im Sinn gehabt, aber was hilft ihr das! Nicht dass sie je klagte, Herr Doktor – doch ist im Schloss und Flecken niemand, der nicht wüsste, wie unrecht ihr geschehen ist.«

Das Steinpflaster von Brotterode, über das jetzt der Wagen hinrasselte, überhob den immer gespannter lauschenden jungen Mann zunächst der Notwendigkeit, mehr zu hören und zu antworten. Und als das Fuhrwerk bald darauf in das schon beinahe dunkle Trusental einlenkte, bedauerte er nur, dass er der Pracht dieses Felstales nicht zu besserer Stunde ansichtig werde. Martin Vollborn stimmtc cifrig zu, meinte tröstend: »Vielleicht, wenn ich Sie zurückfahre, Herr Doktor«, und versagte sich nicht, mit dem Peitschenstock nach malerischen Felsbildungen und mächtigen Baumgruppen hinzuzeigen, um die sich schon Dunkel webte. Doktor Erwin dankte wiederholt für die gute Absicht, mühte sich jedoch nicht, die dämmerigen Herrlichkeiten noch zu erkennen. Seine Gedanken flogen weit vorauf, fernen, geträumten Lichtern entgegen – seine wachsende Erregung ließ ihn wünschen, bald am Ziele zu sein. Eine Frage, die er zehnmal im Verlauf der Fahrt hinter die Zähne gedrängt hatte, fiel endlich doch von seinen Lippen.

»Durchlaucht der Landgraf Heinrich ist jetzt in Bergfeld und bei seiner kranken Schwester?«

Der Kutscher gab ein ziemlich verdrossenes: »Freilich ist er im Schloss, und lieb ist's ihm schwerlich, dass er da ist!« zur Antwort, und Doktor Erwin merkte, dass das Gespräch in die kaum verlassene Bahn wieder einlenkte.

Er kannte jetzt zur Genüge Martin Vollborns Meinungen und fühlte, wie seine eigene Vorstellung von dieser Meinung bestimmt ward. Es war Zeit, dass er selbst sah und urteilte und sich der wunderlichen Stimmung erwehrte, in die ihn das Abenteuer dieses Abends zu versetzen begann. Er war zu einer schwer Erkrankten gerufen, und nichts als eine ärztliche Pflicht lag vor ihm, über deren Art und Umfang ihn sein alter Heiding in der nächsten Stunde aufklären würde. Was gingen ihn die Lebenslage und die Umstände der jungen Dame an, von deren Dasein er heute Nachmittag zum ersten Mal ein Wort vernommen hatte? – Freilich gelang es ihm doch nicht, die Bilder zu verscheuchen, die fort und fort vor dem inneren Auge vorüberzogen, sodass er sich umso ungeduldiger nach der erlösenden Wirklichkeit zu sehnen begann. Die Fahrt durch die Nacht schien sich immer endloser auszudehnen, seit der Wagen das enge Felstal hinter sich gelassen hatte und durch ebeneres Land rollte. Dunkle, langgestreckte Felder, einzelne stehende Wasser, die der Ausschauende erst im Näherkommen von Feldern und Wiesen unterschied, von Zeit zu Zeit die aufblitzenden Lichter eines Dorfes, das die Straße zur Seite ließ, um abermals zwischen waldigen Hügeln dunkler hinzuziehen – wiederum Feldbreiten, lange Rasenflächen, weithin sichtbare Lichter, wechselten noch fünfviertel Stunden lang, ehe der Wagen entschieden einem der Lichtpunkte näher kam. Jetzt rief der Kutscher: »Dort kommt Bergfeld, Herr!« Jetzt donnerte er über die Holzbrücke eines kleinen Flusses, jetzt durch die lange Hauptstraße eines Fleckens, aus deren niedrigen Häusern spärlich ungleicher Lichtschein drang, und jetzt folgte eine Allee mächtiger Rüstern, dahinter ein von weißen Mauern umschlossener, halbrunder Platz mit Auffahrt und doppelter Freitreppe, alles vom Schein zweier großer Kandelaber am Treppenfuß und bronzener Laternen über der Eingangstür erhellt. Sobald Martin Vollborn mit der Peitsche klatschte, eilten zum Überfluss noch ein paar Bediente mit Windlichtern auf die oberen Treppenstufen, ein stattlicher Portier kam dem Aussteigenden bis an den Absatz entgegen, auf welchem die beiden Stufenreihen zum ersten Mal zusammenliefen, um sich wieder zu teilen.

Das Trinkgeld, das ihm Doktor Erwin darbot, hatte der lange Kutscher mit einer entschiedenen Kopf- und Handbewegung verschmäht. »Tun Sie Ihr Bestes, Herr Doktor! Und gute Nacht, Herr!« rief er nach oben, als der junge Mann schon von braun und silbernen Livreen umgeben war, Doktor Erwin hatte im Emporsteigen nichts weiter vom Schloss wahrgenommen als einen kräftig vorspringenden, hohen Mittelbau und zurückliegende Flügel mit zahlreichen lichthellen Fenstern, – Der Portier begrüßte ihn mit Namen und Titel und fragte, ob der Herr Doktor zuerst seine Zimmer sehen oder sogleich Herrn Professor Heiding aufsuchen wolle, der ihn in der Bibliothek erwarte. »Lassen Sie mein Gepäck in das Zimmer bringen, das Sie mir bestimmt haben, und führen Sie mich sofort zum Professor, vielleicht ist's dringend!«

Er war ins Haus, in die mit bunten Steinfliesen ausgelegte Vorhalle getreten, ein Diener schritt ihm auf den Wink des Portiers mit dem Leuchter voran. Ein breiter Gang mit zahlreichen Türen, in welchem dicke Teppichstreifen den Schall der Tritte dämpften, musste zum rechten Schlossflügel führen. Indem der Diener die Hand auf die Klinke einer Tür legte, öffnete sich der Türflügel von innen, und von der Schwelle schaute ein hochgewachsener bärtiger Mann den Kommenden entgegen. Sein Gesicht, auf das der Schein der hochgetragenen Lichter fiel, drückte Freude und Betroffenheit zugleich aus, er streckte dem jungen Arzt beide Hände und Arme entgegen und sagte zugleich: »Guten Abend, Erwin! Bist du dennoch gekommen? Hast also mein zweites Telegramm nicht erhalten?«

»Nein – wenn Sie telegrafierten, dass Sie mich nicht oder nicht mehr bedürfen,« entgegnete Erwin Buchhoff, die Rechte des Professors ergreifend. »Ist es – wäre es – schon zu spät?«

»Nein, Erwin – ich wollte nur nach reiferer Überlegung nicht ohne Not deine kurze Erholung unterbrechen. Ich sage dir gleich das Nähere, tritt hier ein, und da du denn da bist, sei tausendmal willkommen!«

Sie hatten noch immer auf der Schwelle und vor der geöffneten Tür gestanden – der Professor Heiding gab dem Diener ein Zeichen, dass er gehen könnte, und zog den jungen Freund in das große Bibliothekszimmer und nach der Ecke mit den Polsterbänken und der mächtigen Bronzelampe auf dem mit Büchern und Heften bedeckten Tisch, an dem er lesend gesessen hatte. Doktor Erwin empfing den Eindruck eines großen, mit hohen geschnitzten Schränken, Büchergestellen, mit Bildern, Büsten und Bronzen erfüllten Raumes, aber blickte nicht um sich, sondern sah nur auf den väterlichen Freund, der ihn jetzt, wo sie allein waren, noch einmal in die Arme schloss. Er sah mit bekümmerter Überraschung, dass der Professor nicht nur gealtert war, seit er ihn in Würzburg zuletzt erblickt hatte, sondern dass auch sein Gesicht einen Zug des Leidens – oder war es Leid? – aufwies, der ihn erschreckte. Heiding ließ ihm weder Zeit zum Nachsinnen noch zum Reden, sondern sagte:

»Es war ein dummer Einfall von mir, dich hierher zu sprengen! Nur weil ich dich gern sehen wollte – und gestern wirklich glaubte, du könntest mir bei einer schwierigen Operation Beistand leisten! Das ist nun nichts – ich habe mich überzeugt, dass wir nichts tun können – dass es grausam wäre, etwas zu tun! Armes – armes Kind! Du aber, Erwin, siehst aus, wie ich dich in allen guten Stunden geträumt habe. Das ist denn eine wahrhafte Freude, auch wenn uns keine andere hier blüht! Und dein Buch ist fertig und wird mir eine größere Genugtuung sein als dir selbst! Wunderlicher Ort, an dem wir uns wiedersehen, nicht wahr, mein Junge?«

Dabei leuchtete der Professor in dem Raume umher und zu dem Deckengemälde hinauf, einer Nachahmung des Parnass von Raphael Mengs, die noch in frischen bunten Farben prangte, während die gleichalterigen, schwerseidenen Vorhänge der drei großen Fenster und die seidenen Überzüge der Polster sich verschossen zeigten. Er setzte die erhobene Lampe wieder auf den Tisch nieder, dass ihr Licht auf eine kleine zur Seite stehende Marmorbüste fiel, und sagte: »Das ist ein Bild meiner armen Kranken, zu der sie mich gerufen haben!«

»Prinzess Hildegard?«, fragte Erwin zurück und blickte fest auf das kleine Kunstwerk, das den Kopf eines etwa fünfzehnjährigen Mädchens mit reinen, kindlichen Zügen und etwas herb geschlossenen Lippen liebevoll wiedergab.

»Weißt du schon ihren Namen?«, fragte Professor Heiding zurück. »Sie ist jetzt wohl ein Lustrum älter und die Krankheit hat das Gesicht nicht unberührt gelassen. Aber das Beste in diesem Gesicht: Die liebliche Stille und der vertrauende, offene Blick sind ihr geblieben. Hat man dir unterwegs viel von ihr und ihrer Krankheit erzählt?«

»Von der Krankheit so gut wie nichts!« entgegnete der junge Arzt. »Ich mochte nicht fragen und wollte das Wichtigste von Ihnen zuerst erfahren. Bitte, lieber Pate, setzen Sie sich, denn Sie sehen, um die Wahrheit zu sagen, selbst ein wenig erschöpft aus, und dann machen Sie mir klar, was es hier gibt und warum Sie die Hoffnung auf einen glücklichen Ausgang aufgegeben haben?«

Doktor Erwin hatte den Professor in die Polsterecke zurückgedrückt, die dieser vorhin eingenommen hatte, und sich selbst gegenübergesetzt. Er schien nur Auge und Ohr für den Bericht seines Lehrers und Freundes, während er mit stärkerer Teilnahme und plötzlicher heimlicher Sorge die ihm fremden Furchen in Heidings Gesicht zu deuten suchte. Ihm blieb kein Zweifel – etwas in diesem Gesicht war verändert, er hatte mit dem ersten Blick auf Schlimmeres als die Wirkung der wenigen Jahre geraten, in denen er seinen Paten nicht erblickt hatte. Und auch das war ihm fremd, war vielleicht ein Zeichen verborgenen Leidens, dass der Professor nicht scharf, kurz und kräftig, wie sonst seine Art gewesen, sondern zögernd und sich mehrfach besinnend sprach:

»Es ist eben nichts zu tun, und ich hätte dich nicht rufen sollen, Erwin. Die arme, junge Prinzessin siecht an einem rätselhaften, inneren Übel hin, ihr Arzt hat sie kurzweg auf sogenannte Verzehrung behandelt und der tieferliegenden Ursache ihres Zustandes nicht weiter nachgeforscht. Ich war, sowie ich kam, überzeugt, dass es sich um ein Leiden handle, das auf Leber und Lunge und alle inneren Teile wirkte. Bei näherer Untersuchung glaubte ich zu erkennen, dass die junge Dame am Leberechinokokkus leidet, der hochgefährlich geworden ist. Bei dieser Diagnose dachte ich an eine schleunige Operation, die die Kranke möglicherweise retten könnte. Seitdem sind mir doch Zweifel – sehr erhebliche Zweifel – an der Sache gekommen, die Geschwulst kann leicht eine andere sein, scheint mir eine solche, bei der ein operativer Eingriff nutzlos, eine Grausamkeit wäre! Du wirst, wenn du die Kranke gesehen hast und alles in Betracht ziehst, meiner Meinung sein – oder werden!«

Erwin Buchhoff blieb auf diese Auseinandersetzung einige Minuten stumm – er erkannte seinen Lehrer, dessen Blick und Urteil kühn und immer so sicher waren, kaum wieder. Soweit der junge Mann zurückdenken konnte, erinnerte er sich nicht, dass Erwin Heiding eine Operation für notwendig und möglich erachtet, die Vorbereitung zu derselben getroffen hätte und dann wieder schwankend geworden wäre. Er konnte nicht umhin, auch die unschlüssigen Zweifel des Professors auf einen krankhaften Zustand zurückzuführen – und wahrlich, dieser Gedanke bekümmerte ihn stärker als die Todeskrankheit der Prinzessin von Grumbach. Heiding hatte sich von seinem jungen Freunde weggekehrt, der endlich sagte:

»So wird es wohl das Beste sein, ich sehe die kranke Prinzessin selbst und Sie gestatten mir eine Untersuchung. Wir haben in Willovius' Klinik eine ganze Anzahl ähnlicher Fälle gehabt, lieber Professor, und vielleicht kann ich etwas zur Stütze Ihrer ersten Diagnose beitragen, vielleicht ist die Operation dennoch möglich.«

»Ich sage dir, dass ich fest entschlossen bin, das arme Mädchen nicht unnötig zu quälen«, entgegnete Professor Heiding. »Ich habe alles erwogen und bin gewiss, das Rechte zu tun – es ist einer von den schweren Fällen, die zum Glück nur selten vorkommen, wo wir so gut wie machtlos sind. Vielleicht wäre es das Beste, du erspartest dir den traurigen Anblick und Eindruck – da ich deiner Hilfe nicht bedarf, möchte ich dir keinen Teil an meiner Trauer aufladen. Denn das Geschick der schönen und guten jungen Dame erfüllt mich wirklich mit Schmerz, Erwin!«

»Sie haben mir ehedem selbst gesagt, mein teurer Lehrer, dass der Arzt noch immer etwas versuchen darf, versuchen muss, die geheime Heilkraft der Natur zu wecken, deren Grenzen wir nicht kennen«, wendete der junge Arzt ruhig ein. Es gelang ihm offenbar nicht völlig, die Befremdung zu verbergen, die ihn mit jedem Augenblick stärker überkommen hatte. Im Wesen des Professors empfand Erwin eine Mischung von Reizbarkeit und Niedergeschlagenheit, von Weichheit und Eigensinn, die er niemals an ihm wahrgenommen hatte und die ihn selbst jetzt beinahe bedauern ließ, hierhergekommen zu sein. Doch schuldete er dem väterlichen

Freunde zu viel und hielt ihn zu hoch, um irgendwelchen Unmut zu verraten, und fuhr ruhiger fort: »Ich glaube nicht, dass ein Arzt schmerzlichen Eindrücken ausweichen darf, wenn er die geringste Hoffnung hat, anderer Schmerzen zu lindern. Lassen Sie mich immerhin meinen Teil tragen, liebster Professor, ich bin nun einmal hier, und wenn ich nach allem, was Sie sagen, schon fürchten muss, dass ich Ihnen nicht viel nützen kann, so möchte ich nicht ganz umsonst gekommen sein. Sie wissen, der bloße Hinzutritt eines neuen Arztes wirkt auf die Kranken belebend, hoffnungerweckend, und warum wollen Sie im schlimmsten Falle der Todkranken diese lichteren Minuten nicht gönnen?«

In Erwin Buchhoffs Stimme war der herzliche Klang, dem Professor Heiding schon vor einem Jahrzehnt und noch früher nur schwer widerstanden hatte, selbst wenn der knabenhafte Pate etwas Törichtes oder Überflüssiges erbat. Auch jetzt nickte er und erwiderte lächelnd und sogar mit einer Art Haft:

»Du kannst recht haben, mein Junge; es tut dem armen Prinzesschen vielleicht gut, ein frisches und kluges Gesicht wie das deinige zu sehen. An der Sache wirst du nichts ändern können und mir recht geben müssen – aber da sie hier einmal wissen, dass du eintreffen solltest, wirkt es wahrscheinlich günstig, wenn sie dich sieht. Komm, lass uns nach deinem Zimmer gehen, du wirst dich ein wenig zurechtmachen müssen, wir sind hier so ungefähr bei Hofe.«

»Aber lieber Professor, mehr als ein frisches Oberhemd und ein Paar Bürstenstriche habe ich nicht an meine Person zu wenden, ich bin auf einer Fußreise«, wandte Erwin ein. »Und wo ich hier hausen soll, müssen wir auch erst erforschen; ich habe, wie ich vom Wagen stieg, nur nach Ihnen gefragt, weil ich Gefahr im Verzug glaubte.«

»Das ist nun – ich muss sagen leider! – nicht der Fall. Dein Zimmer kann ich dir finden helfen, ich habe verlangt, dass du gleich neben mir einquartiert werdest, und das wird wohl geschehen sein. Wir müssen den Gang nach rechts ein Stück zurück. Dort hinüber liegt eine Flucht Zimmer, deren Fenster in den Garten gehen – ein echtes Stück altfranzösischer Gartenkunst, wie man's selten mehr sieht!«

Professor Heiding leitete während dieser Unterhaltung seinen Paten an einer endlosen Folge breiter Türen vorüber; Schloss Bergfeld musste größer sein, als es Erwin bei der Anfahrt im nächtigen Dunkel erschienen war. Schon schossen auch von zwei Seiten Diener herzu, der eine von ihnen meldete sich als zur persönlichen Bedienung des Herrn Doktors bestimmt. Heiding überzeugte sich mit einem flüchtigen Blick durch die geöffnete Tür, dass man seinem jungen Freunde zwei schöne Zimmer eingeräumt habe, deutete dann auf eine andere Tür und sagte: »Also mach rasch, Erwin, ich will dich erwarten und dann sogleich zu unserer Kranken führen.«

»Ich bin in weniger als zehn Minuten bei Ihnen«, erwiderte der junge Arzt schon aus dem Schlafzimmer heraus, wo ihm der Diener den reich ausgestatteten Waschtisch anwies. Er lehnte weitere Dienste ab und eilte, nachdem er die Schuhe gewechselt, seine einfache Toilette zu beendigen, wozu er nach seiner Gewohnheit kaum fünf Minuten brauchte. Als er mit dem Armleuchter wieder in das vordere Zimmer trat, fand er trotz seines Widerspruchs den Diener mit der Bürste in der Hand und ließ nach kurzem Wortwechsel die Hilfe des Mannes über sich ergehen. Nie im Leben hatte er einem Krankenbesuch mit so wunderlich unklarem Gefühl entgegengesehen, aus den Mitteilungen Heidings hatte er wenig Licht gewonnen – wie eine Furcht beschlich es ihn, dass zum ersten Mal sein Erkennen, sein Urteil von dem seines Lehrers abweichen könne, und gleichwohl regte sich ein dunkler, traumhafter Wunsch, dass es so sein möchte. Ungeduldig erklärte er sich für fertig, während der Diener noch eifrig an seinem Sommeranzug herumbürstete, rasch war er an der Tür, die ihm der Professor vorhin bezeichnet hatte. Er nahm sich kaum Zeit, darauf zu achten, dass auch Heiding in einigen Gemächern von etwas verschossener Pracht einquartiert sei, sondern rief dem Wartenden, der inzwischen ein Buch ergriffen hatte, aber sichtlich nicht las, von der Schwelle aus zu: »Ich bin zu Ihrer Verfügung, lieber Professor – Sie werden mich doch bei Ihrer Kranken einführen? Und wer ist bei ihr oder um sie?«

»Eine Wärterin aus dem Vincentiusstift in Fulda und in der Regel Frau Horn, ihre Kammerfrau«, antwortete Professor Heiding, indem er den jungen Mann über Gänge und breitere Vorsäle nach dem Teile des Schlossflügels führte, den die Prinzessin bewohnte. Wieder fiel es Erwin auf, dass der ältere Freund auch auf diesem kurzen Gange von Willovius und Erwins zu erwartendem Buche sprach – ganz als ob er dem Gespräche über die Kranke und ihr schweres Leiden ausweichen wollte. So fühlte er selbst eine gewisse Befangenheit, die er mit dem Vorsatz besiegte, sein Auge sorglicherweise offen zu halten und alles, was er erlernt habe, für den Mann einzusetzen, dem er ja alles dankte, was er wusste und war.

In einem Vorzimmer fanden die beiden Ärzte einen älteren Mann in dunkler, schlichter Kleidung, den Heiding mit der Frage begrüßte, ob die Prinzessin schlafe. Als dies verneint ward, sagte der Professor: »Dann bitte, Herr Franke, lassen Sie durch Frau Horn Ihre Durchlaucht wissen, dass der Doktor Buchhoff aus Berlin, mein junger Freund, angekommen sei!«

Der Alte verschwand mit der Meldung in das anstoßende Zimmer, das nur durch einen Türvorhang von dem Vorgemach getrennt war; Heiding unterrichtete mit leiser Stimme seinen Gefährten, dass der Alte der ehemalige Kammerdiener des Landgrafen Philipp sei, der im Ruhestand in einem der kleinen Häuser zwischen Park und Dorf lebe. Seit die Prinzessin von Grumbach schwer krank darniederliege, habe sich Jakob Franke nicht abhalten lassen, bei ihr und für sie Dienst zu tun.

Erwin Buchhoff konnte nichts antworten, denn der Alte kam bereits zurück. Er hielt, wie er heraustrat, den dunklen Türvorhang offen und meldete, dass Prinzessin Hildegard bereit sei, den Herrn Professor und den Herrn Doktor zu sehen. Indem Heiding und sein Schüler an ihm vorüber und in das nächste Zimmer eintraten, sah Jakob Franke dem jungen Berliner Doktor mit zweifelndem Ausdruck ins Gesicht. Er mochte sich den Freund des berühmten Würzburger Mediziners etwas älter gedacht haben. Der alte und der junge Doktor Erwin durchschritten ein größeres, mäßig erleuchtetes Zimmer, aus dem nächsten strahlte ihnen volle Lichthelle entgegen; Frau Horn, die Kammerfrau der Prinzessin, knickste ihnen entgegen, auch sie heftete ein Paar erstaunte Augen auf den Ankömmling. Weder Professor Heiding noch sein Begleiter achteten darauf, die Augen des letzteren richteten sich fest und mit dem zugleich forschenden und tröstlichen Ausdruck, den nur der ärztliche Beruf gibt, auf ein leidendes aber schönes Gesicht, das ihn von den Kissen des Bettes und unter dem Betthimmel von blauem Atlas hervor ein wenig bänglich ansah. Der Professor trat rasch auf die Kranke zu und sagte freundlich: »Hier, Durchlaucht, erlaube ich mir Doktor Erwin Buchhoff, meinen Schüler und jungen Freund, vorzustellen, den wir auf dem Inselsberge glücklich ergriffen haben und der gern zu Ihrem Beistand gekommen ist.« Damit führte er den Zögernden näher an das Krankenbett heran – das Köpfchen der jungen Dame, das durch einen Berg von Kissen gestützt ward, versuchte eine leichte Neigung gegen den Vorgestellten, und eine Altstimme, die trotz des befangenen Lispelns klangvoll blieb, schlug an sein Ohr: »Es ist sehr freundlich von Ihnen, Herr Doktor, dass Sie um meinetwillen Ihre Reise unterbrochen haben. Ich danke Ihnen herzlich für den guten Willen, den Sie mir erweisen; ich kann leider kaum hoffen, dass Sie mehr Freude an mir erleben werden als der Herr Professor, und fürchte, dass ich sehr krank bin.«

Der Professor murmelte ein paar ermutigende Worte, Doktor Erwin blickte mit rasch wachsender Teilnahme in die blauen Augen, die sonst wohl strahlend und tief waren, jetzt aber den Wechsel von Mattigkeit und fieberischem Glanz zeigten, der im Gefolge längerer Leiden sich einzustellen pflegt. Er erkannte in dem bleichen Gesicht die reinen und lieblichen Züge wieder, die ihm drüben im Bibliothekszimmer die kleine Marmorbüste des jungen Mädchens gezeigt hatte – und unterschied sie von den entstellenden Furchen des Leidens. Der früh erfahrene, junge Arzt wusste schon jetzt, dass die Krankheit der jungen Dame ein tiefliegendes, schweres Leiden sei und dass die zarte Gestalt unter den blauseidenen Decken geringe Widerstandsfähigkeit besitzen musste. Er wechselte einen Blick mit Professor Heiding und dann den Platz mit diesem. Die Kammerfrau der Prinzessin schob Lehnsessel für die beiden Ärzte heran, Heiding ließ sich nieder, Erwin nahm stehend und mit einer Verbeugung die Hand der Prinzess Hildegard in die seine. Er prüfte scheinbar nur den Pulsschlag, in Wahrheit ruhten aber seine Augen auf den Zügen, der ganzen Erscheinung der jungen Kranken mit einem Ernst, einer gespannten Aufmerksamkeit, die er auch durch ein gefälliges Lächeln nicht verbergen konnte. Nach wenigen Minuten legte er mit zarter Sorgfalt die Hand des Mädchens wieder auf die Decke, dann aber hob er leise an: »Durchlaucht werden mir eine kurze Untersuchung gestatten müssen.«

Er wusste weder, warum er gezögert hatte, ehe er die unerlässliche Bitte aussprach, noch wie es kam, dass die Glut, die das Gesicht der kranken Prinzessin bedeckte, auch auf seine Wangen übersprang. Heut und hier war eben alles anders als bisher, er war sonst kühl und klar an jede Untersuchung, jede Aufgabe seines Berufes herangetreten, und in diesem Augenblick empfand er in die Seele der Kranken hinein, dass sie ein junges Mädchen und er ein junger, sehr junger Arzt sei. Er fasste sich, so rasch er es vermochte, und fügte mit einem Blick, der für seine Kühnheit um Verzeihung bat, hinzu:

»Sie leiden schwer, Durchlaucht, und unsere ganze Pflicht ist es, Ihnen Linderung und Heilung zu schaffen! Da mir Professor Heiding die Ehre erweist, mich zu seinem Beistand zu rufen, darf ich nichts versäumen, was Ihnen notwendig und hilfreich sein kann, und hoffe, Durchlaucht lassen mich nicht entgelten, dass ich eben keinen weiteren Anspruch auf Ihr Vertrauen habe als die Empfehlung meines verehrten Lehrers.«

Der gütige Ernst dieser Worte wirkte so eindringlich, als sei Doktor Erwin in diesen wenigen Minuten um zwei Jahrzehnte älter geworden. – Die blauen Augen über dem Kopfkissen blickten den hilfseifrigen, jungen Mann dankbar an, dann schlossen sie sich, und Prinzess Hildegard hauchte leise: »Wenn es denn sein muss – – lieber Herr Professor!« Sie zweifelte nicht mehr, dass es sein müsse, aus dem Ton der wenigen Worte aber hörte Heiding den Wunsch heraus, dass er in ihrer Nähe bleiben möge.

Er verständigte Erwin Buchhoff durch einen Blick, dass er zwar die Bitte der Prinzessin erfüllen, ihn jedoch völlig seinem eigenen Eindruck und Urteil überlassen wollte. Während er die Kammerfrau und die Krankenwärterin herzurief, um Prinzess Hildegard beizustehen, trat der jüngere Arzt zu der Lampe, die auf einem Marmortisch in der Nähe des Bettes stand, schraubte die Flamme höher und rückte die Lampe zurecht, dass der volle Lichtstrahl auf den Teil des Bettes fiel, wo die Kranke lag. Dann zog er aus seiner Rocktasche ein Etui mit Instrumenten, das er stets bei sich führte, und kniete auf dem Teppich vor dem Bett nieder. Sein ganzes Wesen ging in Spannung und ernster Teilnahme unter, es trat nicht in sein Bewusstsein, dass es ein Teil eines weißen, schönen Frauenleibes sei, der enthüllt unter seinen Blicken, seinen scharf prüfenden Augen lag. Zehn Minuten oder noch länger hatte Erwin seiner Untersuchung obgelegen, als ihn plötzlich ein tiefer Seufzer der Kranken aufschreckte und ihn sofort enden ließ. Ein Blick zu Professor Heiding aufwärts, der die Hand der Prinzessin hielt, ein Wink an die Kammerfrau und der junge Arzt stand wieder neben dem Lager, wo die zitternde schlanke Mädchengestalt die seidenen Hüllen fester als zuvor um sich zog. Er brachte durch einige ruhige Fragen die Erschütterung ihres Gemüts ins Gleichgewicht und sagte dann:

»Ich danke Ihnen, durchlauchtigste Prinzessin, und darf Ihnen sagen, dass ich die Hoffnung meines Lehrers und Freundes auf Ihre baldige Wiederherstellung teile. Wir dürfen Sie heute nicht weiter stören, je mehr Sie schlummern können, umso besser wird es für morgen sein! Sie haben doch für den schlimmeren Fall ein Schlafmittel verschrieben, lieber Professor?«

Heiding nickte, er sah seinen Schüler verwundert an – der Nachdruck, den Erwin auf das Wort »morgen« gelegt, und ein Aufleuchten im Blick des jungen Mannes waren ihm nicht entgangen. Aber er fügte auch seinerseits ein paar tröstliche Worte hinzu und wünschte zugleich mit Erwin der Kranken gute Ruhe. Im Heraustreten aus dem Schlafzimmer nahm er wahr, dass die Augen der Prinzessin nicht ihm, sondern seinem jungen

Gefährten folgten. Erwin hatte nichts davon bemerkt, er fragte nur kurz: »Wohin, lieber Professor?«, und folgte Heiding zur Bibliothek, »Wir sind dort so ungestört als in unseren Zimmern, und der Landgraf, der zum Diner nach Liebenstein gefahren ist, wird bei der Rückkehr mich befragen und dich begrüßen wollen.«

Beide blieben schweigsam, bis die Tür des Bibliothekszimmers hinter ihnen ins Schloss gefallen war. Dann machte der Professor eine Handbewegung, als ob er den jungen Freund zum Sitzen einladen wolle, und dann gingen sie beide umher, jeder wartete auf das erste Wort des anderen, bis Heiding sich vernehmen ließ: »Was ist dein Eindruck? Was sagst du?«

»Dass ich Ihre Belehrung erwarten muss wie ehedem!« versetzte Erwin rasch, aber nicht ohne Nachdruck. »Meine Diagnose ist durchaus Ihre ursprüngliche, die Sie seitdem verworfen haben! Nach meinem Dafürhalten gibt es gar keinen Zweifel – ein Leberechinokokkus, der durch eine Operation beseitigt werden kann und muss!«

»Das war anfänglich meine Meinung – ich glaube es nicht mehr! Hättest du länger untersucht, würde dir die Befürchtung nahegetreten sein, dass es sich um eine Nierenentartung handle, bei der nicht zu operieren ist.«

»Das würde sich durch eine Probepunktion feststellen lassen!«, rief Erwin und unterdrückte den Nachsatz, dass er an Heidings Stelle schon getan haben würde, was er jetzt vorschlug.

Heiding erriet offenbar, was der junge Mann verschwieg, denn er sagte mit einer Art Erregung: »Was ich getan und gelassen habe, hängt mit meinem Urteil über den traurigen Fall zusammen. Eine Operation auf Leben und Tod, die es doch auch in deinem Sinne bleibt, kann eine Wohltat sein – hier ist sie gewiss keine, glaube mir, Erwin, wenn du mir je geglaubt hast!«

Der junge Arzt lauschte diesen Worten betroffen, ja bestürzt. Seine Furcht von vorhin, dass Heiding selbst leidend und infolgedessen befangen und unsicher geworden sei, erwies sich als nichtig – was ihm unklar gewesen war, erhellte sich mit einem Mal – und dennoch, dennoch – hatte er den Professor recht verstanden, konnte er ihn recht verstanden haben? Ein Gefühl schmerzlichen Staunens, eine Wallung des Unmuts drohte ihn zu überwältigen – aber er hielt an sich und fragte nur bewegt:

»Verzeihen Sie mir, wenn ich mir Ihre Erklärung falsch deute! Glauben Sie wirklich, dass der Arzt in irgendeinem Falle das Recht hat, das Mögliche zu unterlassen, weil er nicht einsieht, dass seinem Patienten das Leben frommen kann? In Ihrer Anschauung liegt ein so ungeheurer Widerspruch mit allem, wozu Sie mich erzogen, was Sie mich gelehrt haben –«

»Erwin! Mitleid habe ich dich gelehrt – zum Mitleid habe ich dich erzogen – nicht zu dem ärmlichen des Hundes, der dem armen Lazarus die Schwäre leckt, sondern zum klar urteilenden, kräftig handelnden Mitleid, das dem wahren Heilkundigen ziemt!« unterbrach Professor Heiding seinen Schüler. »Ich hätte gehofft, dass du mich ohne Auseinandersetzung verstehen würdest, merke aber zu meinem Leidwesen, dass wir uns fremder geworden sind. Setze dich zu mir und lass dir ruhig darlegen, was ich weiß, was ich ahne und meine.«

Erwin wollte der Aufforderung schweigend gehorchen, so gewaltsam sich auch Bitten, Beschwörungen, leidenschaftlicher Widerspruch in ihm regten und nach den Lippen drängten. Aber weder er noch Professor Heiding kamen zu Wort, auf dem Gange vor der Bibliothek klangen eilige Schritte, die Tür ward aufgerissen, eine Stimme rief hastig herein: »Durchlaucht der Herr Landgraf!«, und indem beide Ärzte ihre Augen der geöffneten Tür zuwandten, erschien in dieser ein etwa vierzigjähriger, breitschulteriger Herr, dessen Kopf und schmales blasses Gesicht in seltsamem Missverhältnis zu dem kräftigen Wuchs der Gestalt standen. Er war in Gesellschaftsanzug, trug das große Band eines Hausordens und den achtstrahligen Johanniterstern, sah aber nach einem längeren Diner und einer mehrstündigen Fahrt etwas unordentlich aus. Er erwiderte die Verbeugung der beiden Gelehrten mit freundlichem Gruß, schnitt Heiding die beabsichtigte Vorstellung Erwins kurz ab, reichte dem Ankömmling die Hand und sagte:

»Heiße Sie willkommen, Herr Doktor, danke Ihnen, dass Sie kommen wollten. Der Professor meint, dass er nichts ohne Sie vermöchte. Hab's schon unten gehört, dass man Sie vom Inselsberg herunter hierher geschleppt hat. Haben meine Stiefschwester schon gesehen? – Und was sagen Sie? Finden Sie es so schlimm wie der Professor heute Morgen? Und was ist's eigentlich? Eine Verzehrung – bei der gleichwohl an eine Operation gedacht wird?«

»Prinzess Hildegard Durchlaucht ist sehr krank!«, erwiderte Erwin mit Rückhaltung. »Ich habe die Kranke nur einmal untersucht – bin noch zu keinem unbedingt sicheren Urteil gekommen. Ob eine Operation die Grundursache des Zustandes heben kann, werden wir – mein Lehrer und ich – erst nach einigen Vorversuchen entscheiden.«

»Glauben also auch an den Hundswurm?«, fragte der Landgraf, ließ sich in einen der Sessel nieder und lud durch einen Wink die beiden Ärzte ein, sich zu ihm zu setzen. »Sag's immer,« fuhr er fort, »dass die Schoßhunde den Damen nur Unheil bringen. Verstehe gleichwohl nicht, wie's zu solcher Extremität gekommen! Und sind also Ihrer Sache gewiss, Herr Doktor? Gewisser als der Professor?«

»Ehe ich dies sagen könnte, müsste eine noch genauere Untersuchung – eine gemeinsame – bei Tage vorangehen,« gab Erwin rasch zur Antwort. »Auch müsste ich die Krankheitsgeschichte der durchlauchtigen jungen Dame mit Professor Heiding eingehend besprechen, wozu bisher keine Zeit war.«

»Weiß, weiß – sind nicht lang' erst angekommen!', rief der Landgraf. »Wir werden also morgen Bescheid und Entscheid haben! Wäre wünschenswert – in jedem Betracht. Habe keine Vorstellung von der Möglichkeit einer Operation in solchem Fall! Müssen es jedenfalls in Hildegards Willen stellen, ob sie das Wagnis auf sich nehmen, nicht lieber in Ruhe einschlafen will! – Wäre schlimm, wenn das frische Mädchen in solchem Elend verderben müsste – wünsche euch guten Rat und besten Erfolg, ihr Herren, glaube aber vorderhand nicht recht daran! Nichts für ungut!«

Er hielt inne und schien auf eine Antwort des jungen Mannes zu warten, zu dem er vorzugsweise gesprochen hatte. Da Erwin Buchhoff stumm blieb, nahm Professor Heiding das Wort:

»Auch wir sind weit von frevelhafter Zuversicht entfernt, Durchlaucht, und wollten eben vor Ihrem Eintritt noch einmal alle Möglichkeiten erwägen und prüfen. Hoffentlich haben Ew. Durchlaucht das Zutrauen, dass ich und mein junger verdienter Freund nach ernster Beratung das Rechte treffen!«

»Und wenn auch – was wär's?«, sagte der Landgraf nachsinnend. »Die arme Hildegard wird, falls sie kümmerlich am Leben bleibt, wenig genug vom Leben haben! Hat kaum viel bessere Aussichten, als hier im verwunschenen Schlosse zu verhutzeln. Ihre Geburt aus meines Vaters dritter Ehe – ihre ganze Lage – Sie verstehen! Hatte ihre Hand dem Grafen Schlichta zugesagt – sie konnte nicht ruhen, bis die Sache zurückging. Geb's zu, dass der Schlichta nicht viel besser als ein Abenteurer ist! Aber was denkt so ein Mädchen? Der Schlichta ist nicht schlimmer als die anderen, einer wie alle; soll erst gebacken werden, der Prinz, der für sie passt! Wird an anderen Bewerbern nicht mehr Freude erleben! Weiß der Himmel, dass sie mir von Herzen leidtut – will ihr wünschen, dass Sie ihr die Gesundheit wiedergeben, bleibt aber ein zweifelhaft Gut für sie! – Hoffe, die Herren gönnen sich heute Abend etwas Erholung! Würde mir die Ehre geben, Sie beide zum Abendessen bei mir zu sehen, soupiere aber heut nicht. Lasse für Sie im kleinen Tafelzimmer unten servieren – gute Nacht, meine

Herren – will Hildegard noch Guten Abend sagen. Gott befohlen!«

»Durchlaucht! – die Kranke schläft vielleicht schon – – sie schien mir aufs Äußerste erschöpft!« ließ sich plötzlich Erwins Stimme vernehmen. Er hatte, während der Landgraf sprach, seinen Sessel in das Dunkel zwischen zwei hohen Bücherschränken zurückgezogen, um seine innere Erregung nicht zu zeigen. Jetzt hatte er es doch für Pflicht gehalten, sein Schweigen zu brechen; Landgraf Heinrich hätte, wenn er es der Mühe für wert erachtet, den veränderten Ausdruck im Gesicht des jungen Arztes so gut wahrnehmen können, als ihn Professor Heiding sah. Aber er sagte im Weggehen nur gleichmütig:

»Auch gut – sagen wir lieber guten Morgen! Für Sie, meine Herren Doktoren, gute Nacht und guten Rat!«

Erwin starrte, als sich hinter dem Weggehenden die Tür des Bibliothekszimmers wieder schloss, nach den Goldleisten dieser Tür – oder wollte er nur vermeiden, seinen Paten und Lehrer anzublicken? Der Professor aber sagte alsbald mit einem schmerzlichen Lächeln: »Du hörtest – Erwin?«

»Ich hörte! Der Herr Landgraf von Bergfeld, Durchlaucht, scheint uns Ärzte für eine Art bequemer und billiger Mörder zu halten!« gab der junge Mann leidenschaftlich zur Antwort und vermied noch immer den Augen Heidings zu begegnen.

»Überreizt und ungerecht, Erwin!«, rief Heiding jetzt auch erregt. »Ist das die Wirkung der Reichshauptstadt? Der Landgraf lässt sich nicht träumen, dass du ihn so missverstehen könntest. Dir tritt plötzlich entgegen, was ich schon seit einigen Tagen empfunden und erlebt habe. Die arme kranke Prinzessin ist in einer unseligen Lebenslage und allen im Wege. Gerade dieser Bruder gönnt ihr wahrlich das Leben, möchte es ihr sogar nach seiner Weise freundlich gestalten – nur dass er's nicht anzufangen weiß. Ihr Schicksal liegt ihm als eine Last auf der Seele und er sieht überall kein Glück für sie! Der Herr ist wenig gewöhnt, mit seinen Gefühlen und Einsichten hinter dem Berg zu halten – und so verschweigt er uns nicht, dass der Tod für seine junge Stiefschwester das Beste sein könnte, nachdem sie einmal so krank ist.«

»Und Sie, lieber Meister – Sie, eben Sie! – können solche Anschauung teilen?« fragte Erwin. Er tat sich Gewalt an, um nichts von der Entrüstung und dem Schmerz laut werden zu lassen, die ihn erfüllten; doch Professor Heiding hörte sie aus der sanften Frage heraus. Er ergriff Erwins Hand und sagte:

»Muss ich dich heute daran mahnen, Erwin, dass du mich lange kennst und wie du mich kennst? Es sind schwere, das Herz bedrückende Stunden, in denen unsere wissenschaftliche Einsicht, unser Pflichteifer mit dem menschlichen Gefühl in Widerstreit gerät – doch auch sie müssen bestanden werden. Du zweifelst nicht, dass es nutzlose Grausamkeit ist, den Todkranken, Sterbenden aus dem Schoße seiner Familie zu reißen, um ihm in Korfu oder Ägypten ein paar freudlose Wochen das nackte Leben zu verlängern, dir wie mir gilt es als unverantwortlich, wenn sie in einer Klinik eine Operation vornehmen, bei der sie von vornherein wissen, dass keine Hoffnung der Erhaltung, der wirklichen Genesung ist!«

»Das alles leidet aber hier keine Anwendung, teuerster Professor!« fiel der junge Arzt ein, dem es schwer wurde, ruhig zu bleiben und der in seiner Vorstellung den väterlichen Freund auf Haaresbreite an einer Tiefe hinschreiten sah, die schwindelnden Absturz drohte. Der Professor legte abermals beruhigend die Rechte auf Erwins Arm und fuhr leiser, aber mit leidenschaftlichem Tone fort:

»Jetzt vernimm erst, was ich hier gefunden und empfunden habe! Ich wurde durch einen reitenden Boten, dem eine Stunde später der Jagdwagen des Landgrafen folgte, der auch dich vom Inselsberg heruntergeholt hat, von meinem stillen Ruppberger Hofe aufgeschreckt. Der Brief des Landgrafen sagte einfach, dass seine junge Stiefschwester täglich kränker und kränker geworden sei und dass er seine letzte Hoffnung auf den günstigen Zufall setze, dass ein namhafter und ausgezeichneter Arzt in seiner Nähe sei, und hoffe, dass ich die erbetene Hilfe nicht versagen werde. Du siehst schon hieraus, wie unrecht du vorhin dem Herrn getan hast! Als ich die Kranke einen halben Tag beobachtet hatte, spürte ich, dass ein anderer Druck als der des inneren Übels auf ihrem Wesen laste. Eine unbewusste Schwermut – die schlimmste von allen – tat ihrem natürlich einfachen Wesen keinen Eintrag, aber bereitete mir schon Sorge, ehe ich schärfer und klarer sah. Prinzess Hildegard verriet in nichts Lebensmut, Sehnsucht nach Genesung, heitere Hoffnung, was doch alles in ihrem Alter nicht fehlen darf. Sie klagte kaum und war liebenswürdig dankbar für jede augenblickliche Erleichterung, die ich ihr verschaffen konnte, aber in all ihrem Dank und all ihrer Liebenswürdigkeit trat eine trübselige Resignation zutage, die mir zugleich wehtat, Sorge machte und mich zwang, Augen und Ohren weit zu öffnen. Da sah und hörte ich denn, dass das arme junge Geschöpf ein verlorenes, überflüssiges Leben führt, im traurigsten Sinne des Wortes. Der alte Landgraf Philipp hat seine dritte Ehe mit der Gräfin Ostheim in einer Anwandlung vorübergehender Leidenschaft, ja seinen erwachsenen Kindern erster Ehe zum Trotz, geschlossen. Er war schon zuvor in seinen Besitzverhältnissen zerrüttet, und die dritte Gemahlin, die übrigens lange vor ihrem dreißig Jahre älteren Gemahl gestorben ist, soll das Ihrige zum Zusammenschwinden des Allodialvermögens beigetragen haben. Erbärmliche Realitäten, mein Junge – aber du weißt, dass menschliche Liebe und menschlicher Hass zu drei Vierteln – schlecht gerechnet! – am Mein und Dein hängen. Durch die dritte Heirat und die angebliche Verschwendung der Mutter Prinzess Hildegards sollen namentlich die Kinder der zweiten Ehe schwer benachteiligt worden sein, denn der Landgraf, den du vorhin sahst, und seine beiden wirklichen Brüder waren natürlich die Erben der großen Herrschaften, die der alten Durchlaucht gehört hatten. Recht verständlich sind mir diese hässlichen Dinge nicht geworden – genug, die Landgrafen von Bergfeld sind reich, ihre Stiefgeschwister aus zweiter Ehe, die Prinzen und Prinzessinnen von Heinrichstal heißen, sehr viel ärmer, die kleine Prinzessin von Grumbach aber, das unglückliche Nesthäkchen, am allerärmsten. Sie ist mit einem sichergestellten Kapital von hunderttausend Talern abgefunden worden – ein hübsches Vermögen für eine Frau aus unseren Lebenskreisen, ein armseliges für eine Frau, die den Prinzessinnentitel führt. Dazu hat der alte Landgraf den schlimmen Einfall gehabt, dies Vermögen der nächstältesten Stiefschwester, einer Prinzessin von Heinrichstal, die an irgendeinen Vetter verheiratet gewesen ist und verwitwet gleichfalls hier im Schlosse lebt, zuzusichern, falls Prinzess Hildegard unverheiratet und kinderlos stürbe! Seitdem steht, wie mir der alte Kammerdiener vertraut hat, Prinzessin Luise, die Stiefschwester, zwischen dem armen Kinde und jedem Bewerber, zwischen ihr und dem Glück, zwischen ihr und dem Leben!«

»Aber was sollen wir damit? Was geht all dies vornehme Elend, all dieser Gräuel uns an?«, rief Erwin wieder drein. Seine Erregung, die Professor Heiding mit seinem Bericht zu stillen gedachte, wuchs in jeder Minute; das bittere Gefühl, dem geliebtesten, verehrtesten Manne fremd und ohne Verständnis gegenüberzustehen, gesellte sich zur quälenden Missempfindung über das Stück Weltlauf und Menschenelend, das sich hier unerwünscht vor ihm auftat. Der berühmte Arzt schaute seinem jungen Paten tief in die blitzenden Augen, sein Blick schloss einen stillen Vorwurf ein, vor dem Erwin die Stirn senkte, ohne doch überzeugt zu sein, dass er den Vorwurf verdiene.

»Was wir damit sollen?«, fragte Professor Heiding. »Ein so schweres Gewicht, wie die ganze trostlose Lage des armen kranken Mädchens ist, bei unseren Entschlüssen nicht achtlos zur Seite schieben! Nichts weiter, Erwin! Ich könnte dir noch hundert Dinge erzählen, die hier aus den Wänden schwitzen und aus den Taxushecken des Gartens wachsen. Alles führt auf das eine hinaus, dass Prinzess Hildegard unter bösem Stern geboren ist, und dass es gleich schmerzlich ist, daran zu denken, dies blühende Leben müsse erlöschen oder werde durch unsere Kunst zu langjährigem hoffnungslosem Gram und dumpfem Druck verurteilt. Lass uns alles wägen, mein Freund, und bedenken, dass, wenn wir hier die moralische Gewalt ausüben, die der Arzt hat, den Willen der Kranken zu lenken, zu bestimmen – wir eine schwere Verantwortlichkeit auf uns laden.«

»Und wenn wir dies nicht tun, Meister, nichts tun und die junge Prinzessin hilflos verderben lassen, wird die Verantwortlichkeit minder schwer sein?«, fragte Erwin. Er legte beide Hände auf die Schultern seines Lehrers, als müsse er ihn rütteln und aus der Gedankenreihe reißen, in deren Bann er ihn erblickte.

»Denk's aus, Erwin, was es heißt, wenn wir uns sagen müssen: Wir haben das arme Mädchen überredet, genötigt, moralisch gezwungen, sich einer Operation auf Leben und Tod zu unterwerfen, brüsten uns mit dem Triumph, sie am Leben erhalten zu haben und sind die Ursache, dass sie lange, lange Jahrzehnte ein verödetes, vergiftetes, unseliges Dasein führt! Ich möchte es nicht tragen – wenn du mehr Mut hast –«

»Um Gottes willen, lieber Professor, wo handelt es sich hier um Mut oder nicht Mut? Es ist des Arztes höchste unerschütterliche Pflicht, zu helfen, soweit er kann – nach allem anderen nicht zu fragen, das leibliche Übel zu heilen und im Übrigen zu vertrauen, dass das Leben tausend Mittel hat, da zu helfen, wo kein Arzt hilft! Das alles hab' ich tausendmal aus Ihrem eigenen Munde gehört, mein teurer Pate und Lehrer, auf alles in der Welt wäre ich gefasst gewesen, nicht darauf, dass ich meine Empfindung, meinen Pflichtbegriff gegen den Ihren setzen müsste. Bitte, lassen Sie mich noch einmal sagen, wie ich die Dinge ansehen muss!« rief Erwin Buchhoff.

»Es ist nicht nötig, ich ehre dein Gefühl, mein Junge, aber dein Gefühl führt dich diesmal irre!«, sagte Heiding, jetzt mit eherner Bestimmtheit im Ton. »Du hast hier nicht erlebt, was ich erleben musste: das Leid und Mitleid beinahe aller Diener, aller Leute des Ortes über die unglückliche Lage der Prinzessin, den achselzuckenden Gleichmut des Bruders, die unedle Geldgier und den schlecht verhohlenen Hass der Stiefschwester, die hoffnungslose Todesmüdigkeit des armen Kindes selbst! Ich leugne dir's nicht, dass mir leichter ums Herz ward, als sie ihren Entschluss aussprach, keine Operation an sich vollziehen zu lassen! Und weil ich gleich fürchtete, dass du mich oder die Prinzessin wanken machen würdest, so schickte ich das zweite Telegramm ab, das dich nicht mehr erreicht hat.«

»Die Prinzessin selbst versagt die Operation?«, fragte Erwin. »Und Sie haben ihr gesagt, dass dies die sicherste, die einzige Hilfe sei?«

»Was anders?« versetzte der Professor rasch. »Nicht so schroff, wie du es vielleicht sagen würdest, aber für ein gescheites Mädchen – und die kleine Prinzessin ist gescheit – hinreichend verständlich. Und nun, Erwin, da sie so entschieden hat, du aber doch da bist, überwinde dich so weit, dass du ihrem Willen keine Gewalt antust;

sie selbst muss wissen, und ich fürchte, sie weiß es, was ihr das Leben wert ist.«

»Es ist doch eine Gewissensfrage, ob der Arzt einem Kranken – und vollends einer solchen Kranken – das Urteil darüber überlassen darf!«, wendete Erwin Buchhoff ein. Aber die leisere Stimme, die gesenkte Stirn verrieten, dass er jetzt zum ersten Mal an diesem Abend seinen väterlichen Freund begriff. Durch seine Seele wogten unbestimmt noch hundert Einwände, deren Ursprung und Natur ihm so fremd dünkte wie alles, was er seit dem Spätnachmittag erlebt hatte, doch rang er zunächst vergeblich nach Worten – und wenn er sie gefunden hätte, so würden sie ihm abgeschnitten worden sein. Ein Diener, nicht in der Livree des Hauses, sondern im schwarzen Frack, trat ein und meldete, dass das Souper bereit sei. Professor Heiding nahm auf die Meldung sofort den Arm des jungen Arztes und sagte mit einem Blick nach dem Kammerdiener:

»Lass uns alles morgen früh weiter erörtern! Gewissen Fragen sieht man bei Tageslicht klarer ins Auge! Du wirst müde und hungrig sein – brauchst Rast und bist mir überdies den Bericht über deine letzten Wochen in Berlin und deine Reise schuldig!«

Erwin widerstrebte nicht, er fühlte, dass der Professur recht hatte, dass er der Erquickung bedürftig sei, wenn er auch an keine Ruhe glaubte – folgte daher seinem Führer aus dem Bibliothekszimmer, über den großen Gang und eine erleuchtete Treppe hinab in ein Zimmer, in dem eine Tafel mit nur zwei Gedecken der Herren wartete. Da der ältere Diener fortdauernd hinter den Stühlen der Ärzte blieb und zwei jüngere Diener mit

Tellern und Flaschen ab und zu gingen, so musste es Erwin in Ordnung finden, dass Heiding nicht von dem sprach, was beider Seelen erfüllte und belastete, sondern sich nach Berliner wissenschaftlichen Freunden erkundigte und sich dann zwischen den Schüsseln der reichen Abendmahlzeit von Ilmenau, der Wartburg und dem Rennsteig erzählen ließ. Es fiel dem jungen Manne schwer genug, den leichten Ton anzuschlagen, der hier geboten war, er gab einsilbigere Antworten, als sein Pate von ihm gewöhnt war, er hatte Mühe, sich zu vergegenwärtigen, dass beinahe alles, wonach der Professor fragte, erst wenige Tage, ja zum Teil erst Stunden hinter ihm lag. Das Erlebnis der letzten Stunde wollte noch nicht zurücktreten, ihm, der Heidings Lebensgewohnheiten so gut kannte, war es heute peinlich, dass der Professor zum letzten Glas Wein eine Zigarette anzündete und das Gespräch mit einer Art Behaglichkeit fortspann. Und dabei hoffte er im Stillen, dass die Unterredung; nach der es ihn allein verlangte, im Zimmer Heidings fortgesetzt werden würde. Aber schon, wie er sich endlich von der Tafel erhob, sagte der Professor: »Du musst müde sein und hast Ruhe nötig! Bist du noch ein Frühaufsteher wie ehedem, so komm alsbald zu mir herüber und wecke mich!« Und wie sie die Treppen zu ihren Zimmern emporstiegen und Erwin noch auf einer der breiten Stufen fragte: »Gehen Sie sogleich zu Bett, lieber Meister?« da klang wieder die Antwort: »Gewiss, sogleich, wir werden morgen Kraft nötig haben, wofür wir uns auch entscheiden mögen.« Als Erwin, unbekümmert um den Diener, der die Lichter in seinem Gemach entzündete, Heiding zu seiner Tür geleiten wollte, wies ihn der Professor freundlich zurück, sagte noch einmal: »Du bedarfst Ruhe und sollst sie haben!«, und schied von der Schwelle, indem er ihm zuflüsterte: »Wenn es dich drängt, den Fall noch einmal zu überdenken, so verliere den Hauptpunkt nicht aus dem Auge: Der Wille der jungen Prinzessin muss entscheiden!« und dann ein lautes: »Gute Nacht, Erwin!« hinzufügte.

Eine Minute später hatte sich der Diener entfernt, da ihm der junge Arzt nichts mehr zu befehlen hatte. Erwin Buchhoff war allein in dem reich ausgestatteten und dennoch öden Gemach, das drei Wachskerzen auf dem großen silbernen Armleuchter nur mäßig erhellten. Er setzte sich tiefatmend ein paar Augenblicke in einen der schwellenden Lehnsessel, die den Tisch umstanden. Der alte Freund hatte recht gehabt – er fühlte jetzt, wie sehr ihn die Wanderung des heißen Sommertages auf dem Rennsteig, die plötzliche Fahrt hierher, der jähe Wechsel aller Gedanken, der Anblick der kranken Prinzessin, die fieberhafte Spannung des Gespräches und des inneren Zwistes mit seinem Lehrer erschöpft hatten. Vielleicht war es diese Erschöpfung, die ihn die Luft der Gemächer dumpfig und verstockt finden ließ. Er öffnete in dem vorderen Raum wie im Schlafzimmer die breiten Fensterflügel und erfrischte sich an der Kühle, die vom Garten heraufquoll. Der reich gestirnte Nachthimmel spannte sich über den dunklen langgedehnten Bau des Schlosses, in dem da und dort eine Folge von Fenstern noch erhellt war. Zu seinen Füßen sah der Hinabblickende dunkle Laubmassen, in denen er nur Reihen hoher geradlinig geschorener Taxuswände unterschied. An der Balustrade, die Schloss und Garten trennte, erkannte er machtige Sandsteingruppen – Heiding hatte ihm ja vorhin gesagt, dass es hier einen ungewöhnlich wohlerhaltenen französischen Garten gebe. Aber nur flüchtig zog eine Erinnerung an Eichendorffsche Schilderungen durch Erwins Sinn – das Erlebnis des Abends hatte zu mächtig auf ihn gewirkt. Er rief sich in ernster Betrachtung alles, alles zurück, was er von Heiding gehört hatte. Er musste seinem Meister abermals wider Willen recht geben: Es war ein trauriges, hoffnungsloses Dasein, in das er vor wenigen Stunden den ersten Blick getan hatte – und doch sträubte sich jeder Nerv gegen die trostlose Ergebung, die Heiding predigte. Der Ehrgeiz des Arztes, der Mut des Jugendlichen, der sein dreißigstes Jahr kaum zurückgelegt hatte – ein dunkles unfassbares Etwas, das ihn erregte und sein Gesicht, trotz des kühlen Nachthauchs, wie im Fieber glühen ließ, widersprachen der herben Weisheit des Professors. Erwin blickte nach den Fenstern hinüber, hinter denen er die Kranke vermutete. Wunderlich genug: jetzt erst, wo er träumte und sein Hirn mit tausend Möglichkeiten zerquälte, der harten Wirklichkeit zum Trotz zu heilen, zu retten, jetzt besann er sich, wie lieblich der Mädchenkopf sei, der ihm wieder von den Kissen entgegenblickte. Ein Schauer durchrieselte ihn in Erinnerung an den holden schlanken Leib, den er berührt hatte, den er nicht hilflos verderben lassen durfte. Er mühte sich umsonst, kälter und klarer zu denken – immer wieder wallte es heiß und leidenschaftlich bitter gegen die Menschen hier auf, die er nicht kannte, und er musste sich gestehen, dass er auch dem Manne zürnte, dem er auf der Welt am meisten dankte und den er bis heute am höchsten verehrt hatte.

Indem er in Gedanken seine junge Erfahrung durchlief und sich der kühnsten Wagnisse seiner Wissenschaft zu seiner Kräftigung zu erinnern suchte, mischte sich eine wunderlich fantastische Stimmung, der Nachklang eines Knabenentzückens in die ernsten Bilder. Wie lange Jahre war es her, dass er das Märchen vom Paten des Todes begierig gelesen hatte, der ein hilfreicher gefeierter Arzt geworden war, weil er helfen durfte, so oft der ernste Pate unsichtbar zu Füßen des Bettes stand. Und als man ihn zu einer schönen, schwer erkrankten Prinzessin berief und der Tod zum Zeichen, dass hier nicht zu helfen sei, warnend zu Häupten der Kranken stand, da war das Herz des Jünglings in Liebe aufgewallt – um der schönen Leidenden zu helfen, hatte er den Tod überlistet und plötzlich das Bett, auf dem die Prinzessin lag, so herumwenden lassen, dass der Tod sich am Fußende fand und besiegt wurde. Wie kam ihm, dem ernst prüfenden, ruhig Blickenden, der Gedanke an diese Kindergeschichte? War er, der Schüler von Heiding und Willovius, ein Märchenarzt, war er in die Prinzessin von Grumbach verliebt? Er musste mitten in seinen Sorgen, mitten im gespannten Nachdenken über alle Möglichkeiten des ernsten Falles lächeln und strich mit der Hand über die Stirn, um die wirren Traumbilder zu scheuchen. Nein – nein – das gütige klare Gesicht seines Paten und väterlichen Meisters war nicht das drohende Antlitz des Todes – die Zeit der Wundertränke lag in grauer Sagenferne, heute ließen sich Krankheit und drohende Verhängnisse nur mit scharfem Blick, mit sicherer Hand besiegen – vielleicht siegten sie auch hier!

Erwin Buchhoff blickte noch einmal über den lautlosen Gartenraum nach den halbverhüllten Fenstern hinüber – er fasste den Vorsatz, das Äußerste zu tun, damit er niemals zugleich an seinen Freund und Lehrer und an einen Tod denken müsse, den ärztliche Wissenschaft und Kunst nach seiner heiligsten Überzeugung abwenden konnten.

*

Als Doktor Erwin Buchhoff am nächsten Morgen die Augen aufschlug, belehrte ihn der erste Blick in die dämmernde Helle des Zimmers und auf die Uhr, dass er nach seiner Gewohnheit fest, aber kurze Stunden – ja kürzer als sonst – geschlafen habe. Ob auch ruhig und traumlos wie sonst, hätte er nicht zu sagen gewusst, er spürte bloß, dass alle Vorstellungen, die ihn, bevor er sein Lager suchte, mächtig bewegt hatten, jetzt mit ihm zugleich erwachten. Der junge Mann erhob sich und kleidete sich rasch an. Wieder war es sein erstes, ein Fenster nach dem Garten zu öffnen – er klirrte recht absichtlich damit, in der Hoffnung, dass es der nebenan schlafende Professor hören werde – und durch das Morgengrau, das noch über den geradlinigen Laubwänden und Baumkronen des Gartens lag, nach dem Teile des Schlosses hinüberzublicken, wo er die Gemächer der kranken Prinzessin von Grumbach vermutete. Wahrnehmen konnte er freilich nichts als Reihen von Spiegelscheiben, herabgelassene Rouleaux und Vorhänge – aber seine Fantasie war nur allzu geschäftig, sich Leiden und Leid der jungen Kranken auszumalen. Er versuchte wohl, sich in Heidings Empfindung und Anschauung zu versetzen, fand es aber auch in der klaren Stimmung der Frühe so unmöglich als am Abend zuvor. Aus allem Zwiespalt mit der Auffassung seines Lehrers – aus dem tiefen Mitleid für das junge Leben da drüben, das von den Fittichen des Todes überschattet war – rang sich ein trotziger Entschluss empor: jede Rücksicht beiseitezusetzen, seine Zuversicht auf ihre Rettung frei zu bekennen und auf die Operation zu dringen. Über den Grund so ungewöhnlicher Erregung, so leidenschaftlicher Teilnahme sann der junge Mann nicht nach – jeder, der das erlebte, was ihm ans Herz gegriffen hatte, musste denken und handeln wie er. Da das Geschick einmal gewollt hatte, dass er mit dem älteren Freunde nicht eines Sinnes war, so sollte der traurige Zwiespalt wenigstens der kranken Prinzessin zugutekommen.

Gestählt von seinem Vorsatz, pochte er eine halbe Stunde später an die Tür des Professors, fand Heiding in der Tat wach und ward, wie in besseren Tagen, mit einem so herzlichen Gutenmorgen empfangen, dass der trotzige Ernst, mit dem er aus seinem Zimmer gegangen war, schon hieran Schiffbruch litt.

»Sei willkommen, Erwin! Ich hoffe, du hast dich von der starken Anstrengung, die ich dir gestern zugemutet, gebührend erholt? Ich habe unser Frühstück hier im Nebenzimmer bestellt, wo wir ruhig und ungestört miteinander sprechen können. Wir haben ein paar Stunden vor uns – der Landgraf hat mir den Wunsch ausdrücken lassen, dass wir uns zur Konsultation gegen acht Uhr im Salon der Prinzessin einfinden möchten. Ich habe natürlich zuerst Jakob Franke zu mir beschieden und gefragt, ob Prinzess Hildegard uns oder einen von uns schon früher bedarf – doch erfuhr ich, dass sie eine leidliche Nacht gehabt hat und vor Kurzem zum zweiten Mal eingeschlafen ist. Wir können also Seiner Durchlaucht den Willen tun!«

Erwin fühlte kleinlaut, dass die Zügel, die er so fest ergreifen wollte, doch noch in der Hand seines Paten ruhten. Er konnte zunächst nichts tun, als sich den Anordnungen des Professors fügen und diesem in das Frühstückszimmer folgen; er war entschlossen unnötige Dienerschaft wegzuscheuchen, um ruhig und dennoch eindringlich mit seinem Lehrer sprechen zu können. Aber der Kaffeetisch zeigte sich einladend hergerichtet – kein Diener war in dem kleinen Gemach – es schien, dass der Professor wiederum die geheimen Wünsche seines Schülers erraten habe. Heiding sagte lächelnd: »Ich muss wohl in diesem verwunschenen Schlosse den Wirt spielen!« – schenkte dem jungen Freunde und sich selbst ein und drängte Erwin, sich niederzulassen, da dieser mit großen Schritten den engen Raum durchmaß. Schweigend setzte sich der junge Mann Heiding gegenüber – er war entschlossen, jedes andere Gespräch abzubrechen, um zur Hauptsache zu kommen. Der Professor aber schlürfte schweigsam seine Tasse und hub an:

»Da wir allein sind, Erwin, wollen wir uns über das, was zunächst zu geschehen hat, verständigen. Ich nehme an, dass alles, was ich dir gestern vertraute, dich über die Grenzen unserer Pflicht und unseres ärztlichen Rechtes nachdenken ließ. Auch ich habe mich in deine Empfindung zu versetzen gesucht und sehe ein, dass du dich nicht schlechthin bei meiner trüben Resignation beruhigen kannst. Du hast mich möglicherweise im Verdacht, da ich die Operation für schwer bedenklich und selbst bei glücklichem Gelingen das Leben, das wir der Prinzessin erhalten, für ein zweifelhaftes Geschenk erachte, den Entschluss der armen jungen Dame ungünstig beeinflusst zu haben. Das nehme ich dir nicht übel, mein Junge; ich habe gestern Abend zu wenig daran gedacht, dass du seit drei Jahren nicht mehr Tag für Tag an meiner Seite gelebt hast, dass du inzwischen ein Mann geworden bist! Ein ganzer Mann, zu meiner Freude! Ich meine nun, wir besiegen jeden Zwiespalt, ersticken jedes Missgefühl zwischen uns, dass, wenn wir heute, nach nochmaliger genauester Untersuchung, der Prinzessin ihre Lage klar vorstellen und die Rätlichkeit und die Dringlichkeit einer Operation betonen, du das Wort führst; du wirst selbst fühlen, wie weit du gehen darfst, ohne grausam zu werden, und du wirst dich gleich mir bescheiden, wenn Prinzess Hildegard unseren Rat dennoch zurückweist.«

Der junge Arzt ward bei diesen milden Worten seines Paten von widerstreitenden Empfindungen bewegt. Heiding erriet seine geheimsten inneren Wünsche und kam ihnen entgegen; er hätte dankbar sein sollen und fühlte gleichwohl ein dunkles Misstrauen, einen unerklärlichen Schmerz, als der Professor auf die verhängnisvolle Vorstellung zurückkam, dass die Kranke selbst nicht gerettet sein wolle. So entschlüpfte ihm die Frage:

»Was nennen Sie grausam, Herr Professor? Soll ich der Prinzessin verhehlen, dass es um sie geschehen ist, sobald sie die Operation versagt?«

»Ich würde es ihr weder verhehlen noch sagen, sie errät es ohnehin!« entgegnete Heiding. »Lass es bei dem, was ich gesagt – im Augenblick wird dir das rechte Wort nicht fehlen. Und da wir jetzt noch ein paar Stunden vor uns haben – erzähle mir zusammenhängend von deinen Berliner Erlebnissen und Aussichten. Wenn man dich und mich hier nicht bedarf, ist's genug, dass ich zurückbleibe, und ich bin der Meinung, dass du deine unterbrochene Fußreise sofort wieder antrittst. Umgekehrt werden wir auch wenig Zeit für uns behalten und unsere ganze Aufmerksamkeit auf die schwierige Operation lenken müssen – jetzt erzähle also, lass hören, was dir in Aussicht steht – lass sehen, von wo noch ein Hindernis kommen kann. Und in breitem, epischem Stil, mein Junge, wir sind in Würzburg nicht so gehetzt und knapp, wie ihr in der Millionenstadt.«

Ein wahrhaft heiteres und dabei gütiges Lächeln, aus dem Erwin wie in alter Zeit die ganze Seele seines Meisters herausschauen sah, begleitete diese Aufforderung – der Professor hatte nichts gesagt, bei dem ihm sein Schüler an jedem anderen Tage und jeder anderen Stelle nicht unbedingt recht gegeben hätte – und dennoch fiel es dem jungen Arzte schwer wie nie, gerecht und verständig zu sein. Der dunkle Drang, allein einzugreifen, allein helfen zu wollen, den er seit gestern Abend verspürte, schwand auch jetzt nicht – Heidings ruhige Fassung dünkte ihm schier unheimlich, und er musste seine ganze Willenskraft anstrengen, um den Widerwillen zu besiegen, den er vor jedem anderen Gespräch empfand. Er sagte nur noch:

»Wir sollten vielleicht noch ein wenig darüber nachdenken, lieber Meister, wie wir unserer armen Kranken die gewisse Rettung – mich dünkt sie gewiss, ich weiß selbst nicht, woher mir das Vertrauen kommt! – annehmbar und wünschbar machen. Wenn Sie indes meinen, dass wir dem Augenblick sein Recht lassen müssen, so wünsche ich, dass jener bald komme. Mir ist, als vermöchte ich bis dahin gar keinen anderen Gedanken zu fassen.«

»Versuch's doch und wär's auch mir zulieb, mein Junge«, antwortete Heiding, seine Zigarre in Brand setzend. Dem Klang in seiner Stimme, dem Blick, den er über den Tisch sandte, widerstanden auch die innere Erregung und das Misstrauen Erwins nicht länger. Der junge Arzt holte tief Atem, beinahe klang es wie ein Seufzer, dann hub er an von seinen wissenschaftlichen Erlebnissen, seinen Arbeiten, Hoffnungen und Plänen zu berichten. Es ward ihm selbst freier und wohler zumut, mit der Morgenluft des Sommertags, die ins Zimmer strömte, schien ihn zugleich ein Hauch aus der alten Zeit anzuwehen – es kamen Minuten, Viertelstunden, in denen er vergaß, wo er sei und warum er hier sei. Und selbst wenn er an die arme kranke Prinzessin drüben im andern Schlossflügel dachte, mischte sich der Spannung seiner Seele eine lösende tröstliche Hoffnung hinzu – die Hoffnung, wenigstens im entscheidenden Augenblick den väterlichen Freund und Lehrer, der auch jetzt mit jeder Frage, jedem Ausruf die treueste Teilnahme bewährte, zu sich und dem, was er sann, herüberzuziehen.

Der taunasse Garten, in den man auch aus diesem Gemach hinabsah, ward eben von den ersten Sonnenstrahlen beglänzt, als ein Diener mit der Meldung hereintrat, dass Seine Durchlaucht der Landgraf die Herren im Vorzimmer der Prinzess Hildegard erwarte. Erwin Buchhoff schnellte aus seinem Sessel empor, während der Professor sich ruhiger und gefasster erhob. Er schritt dann schweigend neben Erwin durch die langen Gänge und flüsterte ihm nur, als sie vor den Gemächern der Kranken ein paar Augenblicke stillstanden, zu:

»Ich lasse dich sprechen, Erwin – hab' wohl acht, dass du nicht mehr verheißest, als wir verheißen dürfen, und nicht stärker in die Arme dringst, als wir in diesem traurigen Falle verantworten können.«

Der jüngere Mann hatte bei der Wiederkehr dieser Mahnung abermals ein Gefühl, als verschleiere sich sein scharf blickendes Auge und als werde ihm die Zunge zum Voraus gelähmt. Zeit zu einer Erwiderung war nicht mehr – eben meldete Jakob Franke sie Seiner Durchlaucht an, und der Herr des Hauses kam beiden Ärzten bis zur Mitte des großen Vorzimmers entgegen. In den ein wenig schlaffen und ausdruckslosen Zügen des Landgrafen Heinrich war heute Morgen doch eine gewisse Befriedigung zu erkennen, er reichte mit freundlichem Morgengruß Heiding und danach Erwin Buchhoff die Hand und sagte zu letzterem so laut, dass er auch im Schlafzimmer der Kranken gehört werden musste:

»Ein neuer Doktor wirkt immer Wunder. Meine Schwester Hildegard hat eine ungewöhnlich gute Nacht gehabt, meine Herren, und fühlt sich kräftiger als seit vielen Tagen.« »Das ist erfreulich zu hören, Durchlaucht,« entgegnete Erwin. »Es wird der Prinzessin und uns die notwendige und entscheidende Untersuchung erleichtern, die jeder weiteren Entschließung noch einmal vorangehen muss. Wird uns verstattet sein, Ihre Durchlaucht zu begrüßen?«

Der Professor vernahm in Erwins Erwiderung einen Klang von drängender Ungeduld, der dem Landgrafen entging. Zuvorkommend sagte dieser:

»Meine Schwester ist bereit, die Herren sogleich zu empfangen. Nur möchte ich bitten,« fügte er leiser hinzu, »mit der Untersuchung so schonend und diskret als möglich zu verfahren; Sie hörten schon von Professor Heiding, dass Hildegard wenig Glauben an ihre Heilung hat.«

»Vielleicht gelingt uns, der Prinzessin ein besseres Vertrauen einzuflößen«, antwortete Erwin rasch, denn er wollte jedem abschwächenden resignierten Worte Heidings zuvorkommen.

Der Landgraf begnügte sich, dem Professor zuzuflüstern: »Gut, dass die jüngeren Männer stärkeren Glauben an die Allmacht der medizinischen Wissenschaft haben als die älteren Meister!« und führte dann die beiden Ärzte selbst in das Zimmer der Kranken ein. Erwin musste sich besinnen, dass er nicht vorauseilen dürfe – er sah mit so leidenschaftlicher Spannung, so wunderlich verworrenem Gefühl nach dem Lager der Prinzessin hinüber, dass er fast vergaß, die respektvollen Begrüßungen der Wärterin und der Kammerfrau zu erwidern. Er hatte sich vorgesetzt, die nächste Stunde zu nützen – sich selbst durch die Gegenwart des Landgrafen weder hemmen noch befangen zu lassen, und jetzt befing ihn der Anblick der Kranken, ließ ihn verstummen und sich umsehen, ob Heiding ihm zur Seite geblieben sei. Noch eben hatte er gewähnt, dass alles besser stehen werde, wenn er allein versuchen könne, der Leidenden Mut und Hoffnung einzuflößen – und mit einem Mal fühlte er, dass der liebenswürdige Gruß der Prinzessin dem Professor und ihm – ja ihm vielleicht nur gelte, weil er seines Lehrers Schüler sei.

Das Morgenlicht fiel durch schleierartige Vorhänge an den Fensterscheiben nur matt gedämpft in den großen Raum, wob einen rosigen Schein um alles, selbst um das bleiche Gesicht der Kranken. Prinzess Hildegard saß wie gestern an die Kissen ihres Lagers gelehnt, aber sie schien sich heute kräftiger aufrecht zu halten, die tiefen blauen Augen glänzten frischer, die Lippen waren röter als am Abend zuvor, ihr blondes Haar, schlicht gescheitelt und sorglich in einen Knoten geschlungen, umrahmte Stirn und Schläfen sehr anmutig – Erwin ward sich nicht zum ersten Mal bewusst, wie schön das junge Mädchen sei, das er so gern dem Tode entrissen hätte. Wiederum durchzuckte ihn die Erinnerung an das Kindermärchen: wie im Märchen stand er zu Füßen des Bettes der kranken Prinzessin – und schier unwillkürlich blickte er zu Häupten – und gewahrte nichts als den blauen Atlas des Betthimmels und die lichte Tapete der Wand. Er raffte sich aus der Traumanwandlung auf, als er Professor Heiding hörte, der zur Prinzessin sagte:

»Wir freuen uns, Sie heute Morgen gestärkter zu finden, Durchlaucht. Wir kommen mit der Bitte, uns noch eine eingehende Untersuchung zu gestatten – und Ihnen danach Maßregeln vorzuschlagen, die Ihrer Krankheit ein Ziel setzen. Wie ich Ihnen schon vorgestern sagte, muss ich dabei vor allem auf den Blick, die Erfahrung und die Hand meines jungen Kollegen zählen, der auf eine Reihe von schweren Fällen und glücklichen Heilungen zurücksieht und mit dem ich Ihre Krankheit seit seiner Ankunft durchsprochen habe.«

Erwin erglühte bei diesem Lob seines Paten – es wehte ihn an wie ein Hauch frischer Hoffnung; Prinzess Hildegard, die im Tageslicht noch besser als gestern Abend unterscheiden mochte, wie jung der als erfahren gepriesene Arzt sei, senkte die Augen und entgegnete einfach:

»Der Untersuchung, die Sie für nötig halten, muss ich mich eben unterwerfen, Herr Professor – und – Herr Doktor! Alles, was Sie für meine Genesung tun wollen, danke ich Ihnen von Herzen, muss Sie aber bitten, mir genau und klar zu sagen, was Sie vorhaben, und mich in nichts zu täuschen! Ich sagte Ihnen meine Gründe schon gestern, Herr Professor, und hoffe, Sie haben Herrn Doktor Buchhoff unterrichtet!«

Ehe Heiding zu antworten vermochte, fiel eine dritte Stimme, nicht die des Landgrafen. Plötzlich ein: »Gewiss hast du recht, liebe Hildegard, und es fragt sich sogar, ob die Herren dir die Pein einer erneuten Untersuchung nicht ersparen könnten! Wenn sie dir eine Hilfe vorzuschlagen haben, die dich nicht mit neuen Qualen bedroht, so müssten sie es jetzt vermögen.«

Erwin fühlte sich beim völlig sanften Klange dieser Stimme durchschauert, er blickte von der Prinzessin, auf deren Zügen sein Auge mit teilnehmendem Ernst geruht hatte, hinweg und sah zwischen sich und dem Landgrafen eine Dame stehen, die unhörbar in das Krankenzimmer gekommen war. Sie war eine Frau zwischen dreißig und vierzig Jahren mit nicht unregelmäßigem, aber starrem Gesicht, aus dem ein paar kluge graue Augen lebendig genug hervorschauten, eine hagere Gestalt mit etwas steifer Haltung. Sie trug ein Morgenkleid von grauer Seide mit schwarzen Spitzen und gab durch ihr Äußeres zu dem tiefen Widerwillen und dem Schauer keinen Anlass, mit dem sie der junge Arzt erblickte. Der Schlossherr deutete sich den Blick Erwins falsch, er beeilte, sich vorstellend, zu sagen:

»Herr Doktor Buchhoff aus Berlin, Professor Heidings Schüler – meine Schwester, die Prinzessin von Heinrichstal Durchlaucht.«

Erwin blieb der Dame die Verbeugung nicht schuldig, die ihrem Rang geziemte, wandte sich aber sofort zu Prinzess Hildegard zurück und sagte:

»Sie verzeihen dem Arzt, der in seiner Pflicht steht – die erneute Untersuchung ist durchaus unvermeidlich, um uns zu den klaren Vorschlägen zu führen, die Sie fordern!«

Aus Erwins Stimme klang eine innere Festigkeit, der sich die Kranke ohne Weiteres fügte. »Gewiss, Herr Doktor, lieber Herr Professor, ich schulde Ihnen ja Dank, dass Sie hierher gekommen sind – ich will Ihnen nicht erschweren, was Sie für notwendig halten. Lass es gut sein, Luise, es wird nicht oft mehr nötig werden,« sagte die junge Prinzessin, die inzwischen ihrer Stiefschwester die Hand gereicht hatte und den missbilligenden, den

Ärzten geltenden Ausdruck im Gesicht der Dame wahrnahm.

»Ich will bei dir bleiben, armes Kind,« versetzte die Prinzessin von Heinrichstal. »Und ich hoffe, da dies nach Gottes Fügung einmal ein schwerer Fall ist – die Herren verschweigen uns nichts, was wir wissen müssen!«

Professor Heiding tauschte mit Erwin einen Blick und sagte dann trocken: »Ew. Durchlaucht können gewiss sein, dass wir Ihnen nichts vorenthalten, was wir nach unserer Pflicht auszusprechen haben. Und jetzt möchten wir gehorsamst bitten, die Gunst der Stunde nützen zu dürfen – mein junger Freund und Kollege legt vor allem Wert darauf, seine Beobachtungen von gestern Abend bei Tage zu wiederholen.«

Landgraf Heinrich und der alte Kammerdiener, den die Sorge um Prinzess Hildegard gleichfalls ins Zimmer getrieben hatte, zogen sich sogleich in das große Nebengemach zurück, die Schwester der Kranken, die Wärterin und die Kammerfrau schickten sich an, den Ärzten beizustehen. Doktor Erwin hatte den Frauen und seinem älteren Freunde zartsinnig alle Vorkehrungen überlassen, er war an das Fenster getreten, und sah mit stummer Sorge für den Verlauf der nächsten Stunde auf die zierlichen Anlagen und Blumenparterres hinaus, die sich zu beiden Seiten der Freitreppe an der Vorderseite des Schlosses hinzogen. Der schöne Sommermorgen mahnte ihn an den gestrigen, den er in glücklicher Freiheit auf dem waldstillen Rennsteig verbracht hatte, aber kein anderer Wunsch regte, sich mehr in der Seele des jungen Arztes, als hier bleiben und helfen zu dürfen. Wunderliche Bilder mischten sich in die Gegenstände, die er vor Augen sah; so fest er sich vorgesetzt hatte, ganz klar, ganz bei der Sache zu sein, so schreckte ihn der Anruf Heidings: »Erwin!« dennoch aus träumerischer Selbstvergessenheit. Indem er sich umwandte, begegnete sein Blick einem Augenaufschlag der Prinzessin, der ihn aufs Schmerzlichste ergriff – so viel stumme Duldung, so schmerzvolle Ergebung meinte er, in ihm zu lesen. Er eilte seinen Platz neben dem Lager der Kranken einzunehmen und in der nächsten halben Stunde, in der er nur einzelne Worte mit dem Professor tauschte, in seiner nächsten Aufgabe unterzugehen. Er fühlte sich jetzt wieder im Vollbesitz seiner eigensten Kraft, er war ganz scharfes Auge, ganz sichere, rasch erwägende und vergleichende Beobachtung. Leicht und unmerklich handhabte er seine Instrumente. Er flüsterte Heiding, der mit der Schreibtafel neben ihm stand und kniete, für die Frauen unverständliche Zahlen und Silben zu. Wenn von Zeit zu Zeit das unregelmäßige Atmen der Kranken, oder ein halb unterdrückter Seufzer an sein Ohr drang, so beirrte ihn dies heute nicht und dünkte ihm eine unwiderstehliche Mahnung zu rascher Hilfe. Er sah die meisten der verdrossen geringschätzigen Blicke nicht, mit denen die Prinzessin von Heinrichstal seine wie Heidings ernste Bemühungen begleitete, und wenn er ab und zu einem dieser Blicke nicht entging, so ward ihm der unverhohlene Widerwille der Dame nur zum Sporn stiller Sorgfalt und ernsten Eifers. Er überließ es Heiding, mit einem stummen Wink die Untersuchung für beendet zu erklären, und zog sich mit ihm in das Vorzimmer zurück, in dem der Landgraf in gespannter Erwartung und sichtlicher Ungeduld auf und ab ging. Er trat den beiden Ärzten entgegen und suchte, schon ehe sie gesprochen hatten, von ihren Lippen zu lesen: »Sind die Herren einig – was haben wir zu hoffen oder zu fürchten?«

»Einen Augenblick noch, Durchlaucht!« entgegnete Erwin Buchhoff. »Vielleicht haben Sie die Gnade, uns drinnen zu erwarten – wir werden uns sogleich erklären. Wir haben nur noch unsere Beobachtungen in ein paar unwesentlichen Punkten zu vergleichen.«

»Verstehe – verstehe – Kunstgeheimnisse!«, sagte der Herr lächelnd und rief über die Schwelle des Krankenzimmers hinüber: »Ists erlaubt, liebe Hildegard?«

Die junge Prinzessin, die wieder wie vorhin unter ihren Decken und an die Kissen ihres Lagers gelehnt saß, winkte ihrem Bruder zu kommen, Erwin Buchhoff war währenddes seinem Lehrer in eine Ecke des Vorzimmers gefolgt, wo ein rascher Meinungsaustausch, unhörbar für die im Schlafzimmer Prinzess Hildegards Versammelten, vor sich ging.

»Ich habe keinen Zweifel mehr, lieber Meister,« hob Erwin an. »Nicht den leisesten. Es handelt sich um den Leberwurm, und eine augenblickliche Operation ist die einzige Hilfe.«

»Und du hegst keine Furcht, gibst keine Möglichkeit zu, dass eine Geschwulst vorliegt, die nicht zu operieren ist?«, fragte Heiding, blickte aber dabei wohlgefällig in das kluge und entschlossene Gesicht des jungen Arztes.

»Nein, und aber nein! Ich war meiner Sache nie gewisser!«, versetzte Erwin. »Und auch Sie, Professor Heiding, würden keinen Zweifel hegen, wenn es Ihnen nicht wie eine Beruhigung erschienen wäre, dass Ihre klare Erkenntnis doch ungewiss sein könnte!«

»So sprich denn, wie du es für geboten hältst«, sagte Heiding. »Die Entscheidung steht bei der armen jungen Dame; gebe das unerforschliche Schicksal, dass sie für sich die rechte trifft.«

Erwin vernahm das Wort und den Ton, in den es gesprochen ward, mit geheimem Unmut. Er erkannte deutlich den Punkt, bis zu dem der väterliche Freund mit ihm gehen wollte. Doch blieb jetzt keine Zeit zu Erörterungen, und mit Heiding zugleich trat er wieder in das Krankenzimmer und vor das Bett der Prinzessin.

Neben diesem standen Landgraf Heinrich und seine ältere Stiefschwester – die Krankenpflegerin und die Kammerfrau hatten sich bescheiden in den hinteren Teil des großen Gemachs gezogen, blieben aber nahe genug, den Ausspruch der Ärzte hören zu können. Prinzess Hildegard blickte mit einem Ausdruck von Ruhe und mildem Gleichmut den Wiederkehrenden entgegen, und doch meinte Erwin ein leises schmerzliches Zucken der Lippen und jenes Licht in den Augen zu erkennen, mit dem die verlöschende Hoffnung noch einmal aufzuleuchten pflegt. Er war in einer Stimmung, die ihn noch an keinem Krankenbett überkommen hatte, der Anblick des leidenden und doch so lieblichen Mädchens ergriff ihn mit unwiderstehlicher Rührung und weckte selbst eine leise Sehnsucht in seiner Seele, die Entscheidung noch verzögern zu können.

Doch wusste Erwin Buchhoff zu gut, was seine klare Pflicht sei, und mit einer Stimme, aus der nur sein alter Lehrer und vielleicht die junge Kranke selbst eine ungewöhnliche Bewegung heraushörten, sagte er einfach:

»Durchlauchtigste Prinzessin – Professor Heiding und ich haben nach sorgfältiger Untersuchung und nach Austausch unserer Beobachtungen keinen Zweifel mehr, dass ein Leberechinokokkus Ursache Ihrer Leiden ist. Eine schleunige Operation erscheint uns geboten, und da wir zuverlässig versichern können, dass die Mehrzahl dieser Operationen glückt, und ich sagen darf, dass ich einige glückliche Erfahrungen habe, so bitten wir Ew. Durchlaucht, sich der Notwendigkeit zu unterwerfen, die Ihnen volle Genesung in Aussicht stellt.«

Ohne dass er es wusste und wollte, hatte Erwin seine Ansprache mit einem bittenden Blick begleitet, den Prinzess Luise mit ihrem geringschätzigsten Lächeln vergalt. Prinzess Hildegard erbleichte, als das gefürchtete Wort Operation fiel – ihre Augen senkten sich, aber sie blickte alsbald wieder auf und fragte, beide Ärzte fest ansehend:

»Und die Operation, die Sie vorschlagen, ist sie gefährlich und sehr schmerzlich?«

»Wir dürfen nicht sagen, Prinzess, dass sie völlig gefahrlos sei, aber Professor Heiding wie ich würden sicher alles aufbieten, was unsere Wissenschaft uns an die Hand gibt und wir haben ein Recht, den glücklichsten Ausgang zu hoffen. Auch die Schmerzen lassen sich mindern und mildern – und Durchlaucht haben viel härter gelitten und würden schwerer zu leiden haben, wenn Sie die Operation versagen wollten.«

»Und – und ist keine Aussicht auf meine Wiedergenesung, wenn ich mich der gefährlichen Operation nicht unterwerfe?«, fragte Prinzess Hildegard.

»Die sicherste Aussicht ist die Operation, Durchlaucht«, entgegnete Erwin rasch. »Und Sie stellen sich die Gefahr größer vor, als sie ist; mit Mut und Vertrauen, bei Ihrer Jugend, werden Sie die Tage der Krisis leicht bestehen und – durch ein gesundes glückliches Leben belohnt werden.«

Es war wunderlich, wie diese eindringlichen und mit einer bittenden Miene gesprochenen Worte klangen – der junge Mann, der sie sprach, erschauerte beinahe selbst vor ihnen. Die Prinzessin von Heinrichstal hatte den Arm zärtlich um die kranke Schwester geschlungen, sie redete ihr mit weichem Ton, aber ohne dass ihre starren Züge weicher wurden, vernehmbar zu:

»Lass dich zu nichts drängen, zu nichts überreden, liebste Hildegard, wenn dein Gefühl widerstrebt! Die Herren wissen nicht, was eine Frau, ein junges Mädchen zumal, opfern und überwinden muss, um ihren Ratschlägen zu folgen. Wenn du Furcht hegst, gib dich in Gottes Hand – du kannst gesund werden ohne die schwere Gefahr und Qual, die man dir ansinnt.«

Prinzess Hildegard schüttelte leise das Haupt; Erwin, der in fieberhafter Spannung den ganzen Vorgang verfolgte, sah, dass in ihren Augen Tränen standen, der Landgraf, der in den Zügen des Arztes und in den ruhig erwartenden Professor Heidings mehr las, als ihm lieb war, zog den Arm seiner älteren Stiefschwester zurück und rief:

»Nicht zusprechen, nicht abraten, Luise! Hildegard muss allein entscheiden. Wird schon selbst das Rechte treffen – wär' vielleicht besser, wir ließen sie mit den Ärzten – mit dem Professor allein – hat vielleicht ein oder die andere Frage –«

»Wo denkst du hin, Heinrich?«, rief Prinzess Luise. »Die Herren könnten sie gegen ihr eigenes Gefühl überreden. Ich leugne es nicht, dass mich der bloße Gedanke an diese Operation mit Abscheu erfüllt. Und Hildegard, die gestern so sehr dagegen war, scheint heute wankend – willst du wirklich dem gewissen Tod selbst die Hand bieten, Kind?« Aber die Kranke machte eine heftige verneinende Bewegung und richtete sich von den Kissen wieder empor, auf die sie einen Augenblick ihr blondes Köpfchen gelegt hatte. Sie winkte den beiden Ärzten näher zu treten, und sagte dann mit bebender Stimme:

– »Ich danke Ihnen, meine Herren, und ich glaube Ihnen, dass Sie alles für mich tun würden, was in der Hand so ausgezeichneter Männer liegt. Aber ich – ich glaube nicht an ein glückliches gesundes Leben!«

In diesem Augenblick brach Professor Heiding sein ernstes Schweigen und sagte in gütigem Tone:

»Sie sind jung, Prinzess, Sie müssen hoffen! Wir dürfen Sie nicht überreden noch bedrängen, Sie aber müssen jetzt nur an Ihre Genesung denken und von sich scheuchen, was Sie sonst vielleicht bedrückt.«

Prinzess Luise richtete starr den Kopf auf – der Mediziner überschritt in ihren Augen seine Befugnis in unerhörter Weise, auch Landgraf Heinrich sah den Professor verwundert an. Doch erntete Heiding einen dankbaren Blick seines Schülers und einen Händedruck der Kranken, die mit lieblichem Ausdruck sagte:

»Lieber Herr Professor! Ich weiß, dass Sie es herzlich wohl meinen – aber lassen Sie mich bei meinem Entschluss – und haben Sie und der Herr Doktor Buchhoff tausend Dank!«

Erwin, vor dessen Augen das Zimmer, die Gestalten am Bett und alles außer der vom Todesschauer berührten anmutigen Gestalt unter der blauseidenen Decke verschwand, sah im wachen Traum wieder einen Schatten zu Häupten des Bettes, eine Gestalt, die jetzt die Züge des geliebten Paten, dann die der unholden Prinzessin Luise trug, aus seiner Seele und vor seinen Ohren brauste es: Du kannst und musst solches Ende abwenden! Als er aus dem Traum wieder zum klaren Bewusstsein erwachte, standen seine eigenen Augen voll Tränen und er hörte sich plötzlich sprechen:

»Ew. Durchlaucht verzeihen mir, dass ich Sie noch einmal beschwöre, unsere Hilfe anzunehmen. Ich wage zu sagen, dass der glückliche Verlauf beinahe gewiss sei – und – ich fürchte, dass im anderen Fall ein unglücklicher Ausgang unvermeidlich wird.«

»Ich verstehe Sie, ich danke Ihnen nochmals«, antwortete die Prinzessin mit immer leiserer Stimme. »Wie Gott will!« Und sie verhüllte das bleiche Gesicht mit beiden Händen, nicht ohne zuvor noch einmal in das schmerzlich bewegte teilnahmsvolle Gesicht des jungen Arztes geschaut zu haben, der eine stumme peinlich lange Minute auf eine bessere Antwort harrte. Professor Heiding fasste seinen Arm und sagte mild: »Komm, Erwin – wir müssen die Prinzess jetzt allein lassen. Du bleibst heute noch hier – mir zur Hand, falls Durchlaucht noch ihre Entschließung ändern sollte.«

Er führte den willenlos Folgenden, halb betäubten dem Ausgang des Krankenzimmers zu, an dessen Schwelle der alte Jakob Franke, den Türvorhang zurückschlagend, stand. Der Kammerdiener ließ unbeweglich die Ärzte an sich vorübergehen, aber seine großen grauen Augen hefteten sich fest auf die schmerzlich bewegten Züge des jungen Doktors Buchhoff. Hinter den Ärzten kamen der Landgraf und die Prinzessin von Heinrichstal so dicht drein, dass ihre Bemerkungen bis zu Erwins Ohr drangen.

»Der junge Mann führte ja eine förmliche Rührszene auf. Ist es den Herren denn gar so empfindlich, wenn sie um einen wissenschaftlichen Ruf kommen, für den andere die Gefahr laufen müssen?«

Der Landgraf antwortete nur mit einem Seufzer, seine Gedanken weilten offenbar bei der kranken Schwester, die um völliges Alleinsein mit ihrer Pflegerin gebeten hatte. Erwin Buchhoff aber sagte, sobald ihn Heiding, einlud, mit ihm in sein Zimmer zurückzukehren:

»Verzeihen Sie mir, liebster Professor – mir ergeht es wie unserer Kranken. Ich muss allein mit mir sein, muss in freier Luft den schweren Eindruck dieser Stunde zu überwinden trachten! Sie haben recht behalten, und vielleicht lehrt mich mein Nachdenken, Ihnen auch darin recht zu geben, dass dieser trostlose Ausgang das Beste sei.«

»Wenn es dir schwerfällt, heute noch hier auszuhalten, so tritt' deine Reise wieder an«, entgegnete der Professor bekümmert. »Der Fall ist schmerzlich – unsäglich traurig. Doch wenn du dich in allen ähnlichen Fällen so tief erregen, bis ins Innerste erschüttern lassen willst, so müsste ich eine kurze Laufbahn für dich fürchten!«

»Sie mögen recht haben!« versetzte Erwin mit trübem Lächeln. »Mir ist aber wahrlich, als ob ich keinen zweiten Fall dieser Art erleben würde, als ob die Welt keinen zweiten gleich herben und trostlosen hätte! Ich bleibe heute zu Ihrer Verfügung und gehe nicht weit. Ich will mir den Schlossgarten ansehen, den Sie ja so gerühmt haben.«

Der Professor hatte eine Erwiderung auf den Lippen, hielt sie aber zurück und sah mit erstauntem Ausdruck in seinen Zügen dem jungen Mann, der die große Treppe des Schlosses hinabeilte, nach. Erwin Buchhoff wandte sich nicht nach dem älteren Freunde um – er wollte in Wahrheit so rasch als möglich allein sein. Am Fuße der Treppe wartete er, ob ihm ein Diener den Weg zum Garten zeigen könne; da er keinen wahrnahm, ging er kurz entschlossen den langen Gang an der Hinterfront des Schlosses hinab. In der Mitte öffneten sich zwei Flügeltüren, eine Stufenreihe führte von beiden in den Garten hinab, den Erwin hochatmend betrat. Es war zehn Uhr morgens geworden, die Sommersonne schien hell in die zwischen hohen Taxuswänden hinführenden Gänge herein, vergoldete wunderliche Ziersträucher und trank den letzten Tau, der noch auf den untersten Zweigen zitterte. Erwin irrte durch die geradlinigen Hecken und gelangte in die große Mittelallee von Rüstern, die den Park seiner ganzen Länge nach durchschnitt. Hier waren die mächtigen runden Laubkronen im Laufe der Zeit nicht mehr gestutzt worden, die Äste von hüben und drüben verschränkten sich zu einem schattenden Dach und verhinderten den Rückblick auf das Schloss mit seiner malerischen Anlage, seinen steinernen Vortreppen und barocken Statuetten, seinen tausend üppigen Frucht- und Muschelschnüren, die so lustig und festlich aussahen und hinter denen so unaussprechlicher Jammer wohnte. Die Erregung des jungen Mannes ward einen Augenblick gesänftigt, als er wie gestern Morgen unter herabschwankenden Zweigen und auf moosbewachsenem Boden hinging, allein schon in der nächsten Minute wachte das Bewusstsein wieder auf, welche Eindrücke, welche herbe Erfahrungen zwischen gestern und heute lagen. Eben, indem er sich zu fassen und kühler über das Erlebte nachzudenken versuchte, empfand Erwin, wie unmöglich dies sei. Sein Blut war in Wallung – alles, was er seit gestern Abend gesehen und gesprochen hatte, jagte in immer wiederkehrender Folge durch sein Hirn und dazu quälte ihn die Frage, ob er nicht ganz anders und viel eindringlicher zu der Prinzessin von Grumbach hätte sprechen können und müssen. Sie war die erste Kranke, der er helfen zu können meinte, die er hilflos verlassen sollte, und sie flößte ihm das tiefste Mitleid ein, das der junge Arzt noch gefühlt. Ja, war es allein Mitleid, das ihm das Bild des schönen kranken, so vornehmen und doch so armen Mädchens immer aufs Neue vor Augen stellte und den Wunsch, sie zu retten, immer stärker und heißer werden ließ? – Er sah klar genug, dass mit der verflossenen Stunde alles zu Ende sei, und dennoch bezwang er die aufsteigenden Bilder, halb Träume, halb Pläne, nicht. Während er die schattige Allee durchschritt und dann wieder in den Sonnenschein hinaustrat, der über Rasenflächen und Laubwänden, über wasserlosen Becken und zerbröckelnden Sandsteingruppen glänzte, rang er mit geheimen Schmerzen, die nicht milder wurden, mit bitterem Groll über die dunkle Härte des Weltlaufs und tiefem Schmerz über seine eigene Ohnmacht.

Immer aufs Neue setzte er sich vor, noch einmal den Landgrafen von Bergfeld zu bestürmen und ihm ohne Scheu ins Gewissen zu reden – während er doch zugleich wusste, dass jedes Wort nach dieser Seite in den Wind gesprochen sein werde. Und dann überkam es ihn mit wilder Gewalt, ein Traum: als sei er berufen, das süße Mädchen dem Tode zu entreißen und auf seinen Armen aus dem Schlosse hinter sich in grüne Waldfreiheit, in irgendein neues Leben zu tragen, von dem tausend Schattenbilder durch seine Seele schwankten. Bis heute hatte er, der Mann strenger Beobachtung und Wissenschaft, keine fantastischen Anwandlungen verspürt – und nun fühlte er sich im Bann von Träumen und Wünschen, über die er beim Vergleich mit der Wirklichkeit bitter lächeln musste und die er mit keinem raschen Entschluss aus seiner Seele zu drängen wusste. Sollte er zur bitteren Erinnerung an dies erste Abenteuer seines klaren Lebens eine hoffnungslose Sehnsucht mit hinwegtragen?

Erwin hatte wieder einen Blick nach dem Schloss zurückgetan und abermals im Geiste durch Mauern hindurch in das Krankenzimmer der jungen Prinzessin geblickt – eine tröstliche Hoffnung, dass sie jetzt schlummere, zog durch seine Seele. Er kehrte in den Schatten des großen Baumganges zurück, um noch einmal in Ruhe alle Möglichkeiten zu überdenken, und fühlte sich nicht angenehm berührt, als er wahrnahm, dass er in der Allee nicht mehr einsam wie bisher sei. Erst wähnte er, dass Heiding vom Schlosse herabkomme, um ihn zu suchen, dann, als er die heranschreitende Gestalt zu unterscheiden vermochte, erkannte er den alten Kammerdiener, den er im Vorzimmer der Prinzessin von Grumbach gestern Abend wie heute Morgen gesehen hatte. Er wäre ihm wie jedem Menschen am liebsten ausgewichen und mochte sich doch die nutzlose Frage nach dem augenblicklichen Befinden der Prinzessin nicht versagen. Als er vollends entdeckte, dass jede Falte im Gesicht Jakob Frankes schwere Bekümmernis ausdrückte, ging er dem pensionierten Kammerdiener entgegen und redete ihn an, sobald jener seinen hohen Hut zur Begrüßung lüftete.

»Nichts Neues, Besorgliches drinnen – Herr Franke?«

Der Alte sah den jungen Arzt ernsthaft an, seine scharfen grauen Augen hefteten sich fest auf Buchhoffs bewegte leidvolle Mienen, dann entgegnete er leise: »Besorgliches? Was kann's für Sie noch Besorglicheres geben, Herr Doktor – nachdem Sie uns das gesagt!«

»Eure junge Durchlaucht macht Professor Heiding und mir das Herz schwer!«, rief Erwin. »Wahrhaftig, ich habe mich nie gerühmt, doch meinen Kopf hätte ich zum

Pfande setzen wollen, dass unsere Operation Prinzess Hildegard Gesundheit und Leben zurückgab. Sie sollte sich selbst lieber haben!«

»Das ist's! 's hat sie niemand – verstehen Sie, niemand Rechtes – je lieb gehabt – und so liegt ihr wenig an ihr selbst!« erwiderte der Alte. »Und sie ist das weichste frommste Herz. Aber eine so junge Person kann doch nicht zeitlebens mit der Anhänglichkeit von uns paar Alten aus ihres Vaters Zeiten her wirtschaften! Sie fühlt sich verlassen und nimmt ihre schwere Krankheit für eine Schickung des Himmels.«

Erwin schlug sich mit der Hand vor die Stirn: »Aber das ist ja rein zum Verzweifeln mit euch allen – was weiß eure kranke Prinzessin – was wisst ihr alle, was ihr das Leben noch bringen könnte! Helft sie überreden, dass sie sich fürs Leben erhalten lässt – mit so viel Jugend und Schönheit und Güte, wie Sie sagen, wird es ihr am Ende nicht fehlen! Bringen Sie die Prinzessin nur dazu, dass sie hört und tut, was nun einmal unvermeidlich ist!«

Jakob Franke sah, dass in den Augen des jungen Mannes wiederum Tränen standen, und hörte aus den leidenschaftlichen Worten einen Ton heraus, der ihm zu Herzen ging. Aber er machte eine abwehrende Bewegung und Miene.

»Unsere arme Prinzess denkt doch, dass sie das Rechte wählt. Und Sie, Herr Doktor, sind jung, können nicht wissen, was hier alles vorgegangen ist und was in der Luft hängt, hätten viel früher kommen müssen – früher auch als der Herr Professor, dann wäre vielleicht manches gut gegangen, was heute bös läuft.«

Der junge Arzt verstand nur halb, was der ehemalige Kammerdiener erwiderte; abermals traf er auf den Wahn, der hier alle ergriffen und von dem er auch seinen geliebten Paten und Lehrer befangen gesehen hatte. Im Gesicht des Alten aber las Doktor Erwin etwas, das wie ein Hoffnungslicht zu ihm hinüberblinke, und als Jakob Franke bedächtig hinzusetzte: »Ich meine, Herr Doktor, wenn unser armes Prinzesschen zuerst Sie gesehen und gehört hätte – und –« da fiel er ihm ungestüm ins Wort:

»Macht, dass sic mich noch hört, Herr Franke. Mich allein hört – vielleicht – nein, gewiss! Gewiss! Retten wir das junge blühende Leben doch noch!« »Sie allein?«, fragte der Kammerdiener gedehnt zurück. »Wahr ist's: Morgenstunde hat Gold im Munde, und das mag wohl auch anderweit gelten. Aber, Herr Doktor, wenn Durchlaucht selbst einwilligt, Sie noch einmal zu sehen und zu hören, und Ihnen dann doch den gleichen Bescheid wie vorhin gibt – so tragen Sie ein Leid mehr mit von hier hinweg – und mich dünkt, Sie haben schon genug, junger Herr?«

Erwin Buchhoff und sein Begleiter standen eben an einer Kreuzung der Allee, und indem volles Licht auf sie fiel, musste der alte Mann wohl wahrnehmen, wie bleich und angegriffen der Arzt aussah. Doktor Erwin aber fasste die Hand des Hilfswilligen und sagte eindringlicher:

»Gleichviel – ich fühle, dass ich es muss! Tun Sie das Ihre, dass Durchlaucht mich empfängt.«

»Sachte – sachte«, flüsterte Jakob Franke. »Jetzt schläft das Prinzesschen, und in einer kleinen Weile« – er zog dabei die prachtvolle goldene Uhr, ein Vermächtnis des alten Landgrafen – »ist's halb zwölf Uhr und Zeit zum Dejeuner. Gehen Sie hinein, damit Sie nicht gesucht werden. Zwischen Dejeuner und Diner wäre die rechte Zeit – um zwei Uhr bin ich wieder bei der Kranken, da ist sie in der Regel wach und da kann ich mein Wort anbringen. Halten Sie sich in Ihrem Zimmer, wenn's gelingt, werde ich Sie rufen und holen, Herr Doktor. Aber machen Sie sich nicht zu viele Hoffnung – wenn noch Wunder geschähen, hätte es um Prinzess Hildegard längst eins gegeben.«

Er hatte die letzten Worte warnend und lauter gesprochen, als er sah, wie Doktor Erwins Gesicht jäh erglühte; Erwin verstand selbst nicht mehr, was in seiner Seele geschah, er musste dem Alten ja recht geben, und doch war's ihm, als ginge ihn die Mahnung nichts an, und mit der bereitwillig dargebotenen Hand Jakob Frankes sei nicht nur Hoffnung, sondern lichte Gewissheit in ihn übergeströmt. Er sah dem alten Manne, der durch die Rüsternallee dem Ausgang des Parkes und seinem kleinen Hause zuwandelte, mit gerührtem Blick nach: Warum hatte er vorhin bei seinem Sehnen nach rettenden Auswegen nicht einmal an diesen Helfer gedacht?

In gehobenerer Stimmung, äußerlich besser gefasst als vorhin, kehrte Doktor Erwin in das Schloss zurück. Seiner neuen Hoffnung war ein Stück verschlossenen Trotzes beigemischt – er setzte sich vor, sein Heil allein zu versuchen und seinem Meister nicht eher ein Wort zu gönnen, als bis er Gewissheit habe. Er traf, noch ehe er sein Zimmer erreichte, den Diener, der ihn zum Frühstück rufen sollte, und erteilte kurzen Bescheid, dass er zur angegebenen Stunde sich einfinden werde. Wenige Minuten später pochte Heiding an seine Tür; Erwin gewann es über sich, ihm eine ruhige Miene zu zeigen und seine besorgten Fragen mit halb gleichgültigen Worten zu erwidern. Er merkte wohl, dass der Professor die plötzliche Wandlung seines Schülers mit Kopfschütteln wahrnahm – auch fiel es ihm schwer, dem Paten und Lehrer etwas zu verschweigen, aber der Gedanke, dass er allein glücklicher sein könne als mit Heiding zusammen, wich nicht aus seiner Seele und stählte ihm die trotzige Verschlossenheit.

Wählend der nächsten Stunden erfuhr Erwin, dass es Kraft fordere, mit einer brennenden Erwartung, einem entscheidenden Vorsatz in Hirn und Herzen, völlige Selbstbeherrschung und ruhige Teilnahme an anderen Dingen zu zeigen. Von der heimlichen Sorge, wie er wohl, wenn Jakob Frankes Vermittlung glückte – sie musste ja glücken, er konnte das Gegenteil schon nicht mehr denken! – allein nach dem Krankenzimmer gelangen werde, befreite ihn bei Tafel der Landgraf selbst. Er lud beide Ärzte zu einer Ausfahrt nach einer nahegelegenen Waldhöhe ein. Professor Heiding, der erklärte, dass er Prinzess Hildegard vorhin besucht habe und sie gegen Abend wieder besuchen wolle, nahm die Einladung seines erlauchten Wirtes sogleich an – Erwin aber schützte Übermüdung und Abspannung vor und bat, in seinem Zimmer bleiben zu dürfen. Der Professor, der ihm zur Seite saß, blickte ihn aufmerksam an, das Aussehen des jungen Freundes strafte seine Worte nicht Lügen.

Erwins Herz schlug hörbar, als eine halbe Stunde später der Wagen an der Freitreppe von Schloss Bergfeld hielt und Landgraf Heinrich, Professor Heiding und ein belgischer Oberstleutnant, der seinen Besuch gemacht hatte und zum Frühstück geblieben war, davonfuhren. Er kehrte in sein Zimmer zurück, in dem er Jakob Frankes, er wusste nicht wie lange, zu harren hatte. Er versuchte in einem Buche, das er auf dem Tische fand, zu lesen – gab es jedoch alsbald als unmöglich auf. Jetzt, wo ihn schon sein Alleinsein ein Unterpfand des Gelingens dünkte und er mit Bangen jede Viertelstunde zählte, die verstrich, ohne dass der alte Kammerdiener erschien, durfte er nichts bedenken, als was er der kranken Prinzessin sagen könne und müsse.

Nie zuvor hatte er empfunden, wie viel stumme Qual sich in eine Stunde zusammendrängen könne.

Als endlich – es war drei Uhr nachmittags vorüber – Jakob Franke leisen Schrittes über die Schwelle trat, war das erste, was Erwin wahrnahm, der finstere sorgenvolle Ausdruck in dem Gesicht des alten Herrn. »Prinzess Hildegard will mich nicht sehen, nicht hören?«, rief er ihm tonlos entgegen, indem er vom Sitz am Fenster emporschnellte.

»Doch, Herr Doktor, doch!«, antwortete der Kammerdiener. »Aber ich weiß nicht, ob ich recht getan habe, ihr so zuzusprechen! Denn mir ist's, als würden Sie nichts erreichen – und dem armen Kinde, die überwunden hatte, neue Unruhe, neues Leid bereiten. Sie hat zuletzt wahrhaftig mehr aus Mitleid mit Ihnen als mit sich selbst eingewilligt.«

»Lassen Sie uns keine Zeit verlieren!«, sagte Erwin sich bezwingend. »Ich denke nicht, dass sie mich wiederum hinwegweisen wird, wie diesen Morgen – und wenn – so nehme ich's doch mit mir, dass ich's noch einmal, dass ich mehr versucht habe, als ich sollte!«

»So kommen Sie mit Gott!« versetzte Jakob Franke. »Das Hoffen für unsere arme kleine Durchlaucht habe ich verlernt – aber ein junger Narr macht alte, heißt's bei uns in der Ruhl!«

Mit diesem wunderlichen Trostspruch geleitete er den jungen Arzt durch einen Seitengang und eine lange Galerie mit zahlreichen Bildern des achtzehnten Jahrhunderts nach der Bibliothek, die Erwin gestern Abend zuerst betreten hatte. Wie er den stillen Raum durchschritt, fühlte der Erregte, dass er denselben nie vergessen werde, ob er ihn nun wieder erblicke oder nicht. Ein inneres Fieber der leidenschaftlichen Spannung, ein dunkles Gefühl, als werde er unwiderstehlich getrieben, während er doch klar zu wissen meinte, was er wolle und was seine Pflicht sei, ließ ihn die Zuflüsterungen des alten Franke völlig überhören – seine Seele wie seine Augen eilten den Füßen vorauf, und als er mit seinem Begleiter über die Schwelle des Krankenzimmers trat, hatte er das blasse, liebliche Gesicht durch Mauern und Vorhänge hindurch schon längst erblickt. Was er nicht erblickt hatte, war ein Ausdruck anmutiger Verlegenheit und ein Hauch von Munterkeit auf dem leidenden Gesicht, ein Lächeln, das zu anderer Stunde und an anderem Orte ein fröhliches geheißen hätte. Die Prinzessin von Grumbach hatte sich, als ob sie trotz des Hochsommers fröstle, in einen Schal gehüllt – Erwin sah in diesem Augenblick nur ihren Kopf, um den das blonde Haar wirklich wie ein Glorienschein lag. Ehe er mit ehrfurchtsvoller Verbeugung näher trat, rief sie ihm bereits entgegen:

»Mein alter Jakob vertraut mir, dass Sie sich um meinetwillen sorgen und quälen, Herr Doktor, sich wohl gar vorwerfen, dass Sie mir eben nicht helfen können. Da habe ich Sie denn doch noch sehen und Ihnen zeigen wollen, dass mir nicht schlimm zumut ist, dass Sie um meinetwillen getrost von hier weggehen, in Ihr schönes Leben, Ihren hohen Beruf zurückkehren dürfen –«

Wie um sich selbst Mut zu machen, lächelte sie jetzt noch heller, und in ihrer Stimme war ein Klang, der Erwins Mark durchrieselte. Er fühlte, dass er hier keine Minute in unnötigem Gespräch verrinnen lassen dürfe, er fiel ihr rasch ins Wort:

»Ich bin geblieben, Prinzess, weil ich noch einmal alles versuchen möchte, um Ihren Entschluss zu erschüttern, zu wenden. Von meinem Leben habe ich kein Recht zu reden, aber ich sage Ihnen, wenn mir mein Beruf der hohe bleiben, wenn ich ihn lieb behalten soll, wie ich muss, so senden Sie mich nicht von hier mit dem Gefühl hinweg, dass ich da nicht helfen durfte, wo es mir vom höchsten Wert für alle Zukunft gewesen wäre, mich bewährt zu haben.«

Die bleichen Wangen Prinzess Hildegards wurden von einem flüchtigen roten Schimmer überhaucht:

»Sie sprechen ja, als ob ich Ihnen ein Unrecht zufügte, Herr Doktor, weil ich mich zu dem nicht entschließen kann, was Ihre Wissenschaft in meinem traurigen Falle rät. Ich wiederhole Ihnen, es ist kein Misstrauen gegen die Wissenschaft, keines gegen Ihre Kraft! Ich glaube Ihnen gern, dass Ihre Kunst mir helfen würde – und wenn ich Ihnen dies sage, so scheiden Sie vielleicht zufriedener und ehren schweigend auch meine Empfindung.«

Erwins Züge verdüsterten sich – er musste sich einen Augenblick wegwenden, die Unterredung nahm wieder die Wendung zum trostlosen Verzicht auf Leben und Gesundheit. Dann sagte er langsamer, als er bis jetzt gesprochen, und nachdrücklicher: »Wenn ich dächte, Durchlaucht, dass es Ihren letzten Entschluss günstig beeinflussen könnte, so sagte ich, Sie tun mir unrecht!«

»Ich will Ihnen aber keines tun! Ihnen, dem ich nur zu Dank verpflichtet bin, wahrlich nicht!« versetzte Prinzess Hildegard lebhafter.

»Das hilft mir nicht!«, antwortete er und vermied es, sie dabei anzusehen, um nicht von den bittenden blauen Augen entwaffnet zu werden. »Wenn mir in meinem Sinn kein Unrecht geschehen soll, müssen Sie sich retten lassen! Ich scheue jedes frevle Wort – aber ich muss Ihnen sagen: Niemals zuvor bin ich so sicher gewesen, dass meine Hand glücklich sein, dass alles, alles wohl gehen wird, als in Ihrem Falle, Durchlaucht.«

»Und wenn alles wohl geht – wer sagt Ihnen denn, dass es mir wohl tut?«, fragte die Kranke plötzlich. »Was wissen Sie davon, wie ich zur Überzeugung gekommen bin, dass ich diese Krankheit nicht überstehen werde?«

Jetzt musste er aufsehen und den zürnenden Blick aushalten, der doch auch aus diesen sanften Augen leuchten konnte. Aber er holte leichter Atem – die schöne Feindin, die ihm sein Leben zu zerstören drohte, hatte jetzt selbst den Streit auf ein Feld gespielt, von dem ihn Ehrfurcht und innige heilige Scheu und noch etwas, das seit Stunden in seiner Seele immer stärker gewachsen war, seither zurückgehalten hatten.

»Vielleicht weiß ich auch davon,« entgegnete er zögernd. »Vor uns Ärzten birgt sich ja kein Geheimnis! Aber Sie verzeihen mir, Prinzess, ich bin aus härterem Stoff als mein geliebter Lehrer! Ich weiß, worauf Sie hindeuten, und beklage Sie tief, dass Ihr junges Leben Ihnen schon so herbe Erfahrungen gebracht hat. Dennoch sage ich Ihnen: eben darum möchte ich, muss ich Sie retten, damit Sie erfahren, wie viel Gutes, Großes, Schönes Ihnen das Leben noch bringen kann.«

»Ich wusste nicht, dass ich zum berühmten Chirurgen auch einen Seelenarzt vor mir hätte«, sagte die Prinzessin, und jetzt war es ein unselig bitteres Lächeln, das sich über ihre Züge stahl. Gleich darauf senkte sie wie ermattet das Haupt und streckte die Hand nach Erwin hin. »Nein, nein, verzeihen Sie mir, Herr Doktor. Ich fühle es, wie edel teilnehmend Sie sind! Aber dies Gespräch kann zu nichts führen; wenn die Kranke dem Arzt glauben muss – muss nicht auch einmal der Arzt der Kranken glauben?«

»Nein, Durchlaucht, er muss nicht, wenn er tief wie ich überzeugt ist, dass auch die Lebensfurcht und Sehnsucht nach der letzten großen Ruhe, die uns allen früh genug kommt, krankhaft sind«, erwiderte Erwin und trat dem Lager der Prinzessin näher, als er seither gestanden hatte. »Er muss nicht, wenn er weiß, dass seine Kranke nur zu wollen braucht, um mit der Gesundheit jedes Gut und neues Leben zu gewinnen.«

Prinzess Hildegard sah das Gesicht und die mahnenden bittenden Blicke Erwins bei diesen Worten nicht, sie hatte sich halb zurückgelegt und die Augen geschlossen, die Bilder, die der junge Arzt beschwor, schienen ihr Schmerz zu bereiten. Ihre Hände winkten ihn hinweg, er blieb wie gebannt und starrte auf das Kissen und das leidende Gesicht herab, das plötzlich in Tränen gebadet war. Als sie merkte, dass er nicht wich, hauchte sie wieder: »Sie haben getan, was Sie konnten, Sie werden dennoch versuchen müssen, mir zu glauben!«

»Ich werde es nicht, Prinzess, bis ich noch eins gesagt! Sie müssen meinem Schmerz um Sie, der tiefen Sehnsucht, Sie zu retten – die Kühnheit verzeihen! Mir ist seit heute zumut, als wäre es meines Lebens höchste Aufgabe, Ihnen zu helfen, als hätte ich keine andere mehr –«

Er hielt inne, die Kranke richtete ihr Haupt empor, aus seiner zitternden Stimme hatte ein Ton geklungen, der sie den Sprecher aus großen Augen halb erschrocken, halb zweifelnd ansehen ließ, und ehe er weiter zu sprechen vermochte, sagte sie: »Ich danke Ihnen, danke Ihnen tausendmal – doch es muss bleiben, wie es ist – ein armes verlorenes Leben!«

Erwin aber ließ sich jetzt weder durch erschrockene Blicke, noch durch bittere Worte mehr aufhalten – er hatte auf den Grund ihrer Seele hinabgeblickt, ein heißer Schauer neuer Lebenshoffnung ging über ihn hin und strömte von ihm aus, er fasste die Hände Prinzess Hildegards zwischen die seinen und hob noch einmal an:

»Sie fürchten, Prinzess, dass auf der weiten Welt keine Seele lebt, die Ihnen ganz zugetan, ganz zu eigen sei – Sie sehen der Zukunft freudlos entgegen, und ich, der Fremde, muss Ihnen sagen, dass Sie irren, dass Sie vielleicht nicht einmal ahnen, welch wahrhaftes überschwängliches Glück Sie zu geben und zu gewinnen vermögen.«

»Sie träumen, Herr Doktor!«, sagte Hildegard matt. Sie hatte nicht mehr die Kraft oder den Willen, ihre Hände aus denen Erwins zu lösen. »Bitte, lassen Sie dies Gespräch enden, es schmerzt mich tiefer als meine Krankheit! Wo lebt der Mensch, der mich in ein neues Leben tragen, mir nur den Pfad dazu zu zeigen vermöchte?«

»Er lebt, lebt vielleicht tausendmal!«, rief der junge Arzt, »Da es mein Geschick oder Glück gewollt hat, dass ich Ihnen nahen, in Ihr Leben und Ihre Seele blicken durfte, so bin ich der Mann! Ist Ihnen das Opfer meines Lebens, meiner Zukunft nicht zu schlecht, Hildegard, müssen Sie nicht die Prinzessin von Grumbach bleiben – ich legte so gern alles zu Ihren Füßen, was meine Kraft, mein reiner Wille im Leben erreichen und erobern mag! Doch auch wenn ich Ihnen der Mann nicht bin, nehmen Sie das Gefühl, das Sie in mir erweckt, und meine tiefe, alles vergessende Sehnsucht als ein Unterpfand, dass ein Besserer, viel Besserer kommen wird – gönnen Sie mir das

Bewusstsein, Ihre holde Jugend, Ihr Leben gerettet zu haben!«

Die Prinzessin schauerte unter dem Strom dieser flehenden Worte zusammen; aber es war ein süßer Schauer, der sie ergriff; sie schlug die geschlossenen Augen wieder voll auf und flüsterte leise: »Wenn Sie mich denn retten wollen, so retten Sie mich für sich!«

Ein einziger jauchzender Laut, ein flüchtiger Kuss auf das blonde Haar Hildegards – und dann richtete sich Erwin auf, er besann sich, dass er hier nicht als Liebhaber, sondern als Arzt stehe. Die lauter gewordenen Stimmen schienen doch ins Vorgemach gedrungen, Jakob Franke und die Fuldaer Pflegerin traten zu gleicher Zeit ein. Sie hörten Doktor Erwin ruhig sagen:

»Ihr Entschluss, Durchlaucht, ist also gefasst – wir dürfen alle Vorbereitungen treffen – Sie wollen sich der rettenden Operation unterwerfen?«

»Ja, – ja, Herr Doktor,« entgegnete Prinzess Hildegard, während ihre bleichen Wangen sich höher färbten. »Ich bin bereit auf Leben und Tod!«

»Auf Leben und Leben, nur Leben!«, rief Erwin. Aus seinem Auge glänzte eine Zuversicht, eine Fülle von Verheißungen, der die Kranke nicht widerstand und mit gläubigem, ja frohem Ausdruck lauschte. Erwin wandte sich ihr noch einmal zu, strich ihr sorglich das Kissen zurecht und legte ihren Kopf zärtlich auf dasselbe nieder, dann winkte er Jakob Franke, ihm zu folgen. Was auch noch zu tun und zu fürchten blieb – seine Haltung war die eines Siegers, und doch sprach der letzte Blick, den er von der Schwelle aus Hildegard zuwandte, nur demütigen Dank aus.

Sowie er das Krankenzimmer hinter sich hatte, war der junge Arzt wieder ganz Besonnenheit und Selbstbeherrschung. Dem stürmischen Dank und der schlau fragenden Miene des alten Kammerdieners begegnete er mit der Bitte, jetzt wohl achtzuhaben, es sei viel zu tun und vorzubereiten, die Operation müsse morgen in der Frühe stattfinden. Er ging in sein Zimmer, mehrere Drahtbotschaften nach Berlin aufzusetzen, um deren augenblickliche Beförderung zur Bahnstation er bat. Jakob Franke zeigte sich willig und geschäftig. Erwin schrieb in seiner Gegenwart noch einen längeren Brief an Geheimrat Willovius – der alte Mann eilte mit allem davon, und Erwin blieb allein zurück. Er trat still an das Fenster und durchlebte die letzte Stunde und jede Stunde, seit er gestern hier angelangt war, noch einmal. Dass sein Leben, sein Geschick an dem kommenden Tage hing, wusste er wohl – doch er hatte keine Wahl gehabt – wie im Märchen war es über ihn gekommen, dass er dies junge reine Leben retten müsse, auch wenn er sich selbst und seine Zukunft dabei einzusetzen habe. Das war es nicht, was ihn jetzt bekümmerte und in den lichten Glücksschimmer, der auf seinen Zügen lag, einen tiefen Schatten warf. Er allein hatte den Widerstand des Mädchens besiegt, ihm hatte sie vertraut – gleichviel warum, er allein musste ihr den ärztlichen Beistand leisten. Mit aller Zuversicht, die ihn erfüllte, wusste Doktor Erwin Buchhoff, dass es sich bei dem Bevorstehenden dennoch um Leben und Tod handle, und so kühn und entschlossen er sonst war, so begann der Gedanke, dass seine

Hand der kaum gewonnenen Geliebten Tod oder Leben geben müsse, schwer und ernst auf seiner Seele zu lasten. Doch war er entschieden, seinem Paten und Lehrer jede Teilnahme an der Operation zu versagen – und sorglich bedachte er, wie er Heiding mit dem Geschehenen und Beschlossenen versöhnen werde.

So unablässig, so tief sann er, auf die Taxushecken und die steinerne Balustrade zu seinen Füßen herabblickend, der einen Frage nach, dass er weder sah, wie die Sonne sich nach West neigte, noch die lauten Schritte aus dem schweigsamen Schloss vernahm. So kam es, dass sich mit einem Mal eine Hand auf seine Schulter legte und dass er, emporblickend, dicht in die Augen des mit Scheu und Sorge Erwarteten blickte.

»Was ist geschehen, Erwin? Was hör' ich vom Kammerdiener des alten Landgrafen? Was planst und bereitest du vor?«

»Die Prinzessin von Grumbach hat in die Operation, die ich ihr nochmals vorschlug, eingewilligt, lieber Professor!«

»Du warst ohne mich bei der Kranken, Erwin – du hast sie bestürmt und ihren Willen nach deinem gelenkt –? Du scheinst ihr schrankenloses Vertrauen eingeflößt zu haben? –«

»Ich habe ihr meine tiefe Überzeugung, dass ich sie retten werde, noch einmal dargelegt! Ich habe das Mittel gefunden, ihr Verzagen am Leben zu besiegen –«

»Du hast ihr in plötzlicher Leidenschaft dein eigenes Leben zum Opfer geboten!«, sagte Heiding ernst, beinahe gramvoll. »Weißt du auch, was du auf dich genommen hast, in welchen Kämpfen und Enttäuschungen deine hoffnungsreiche Zukunft zugrunde gehen kann?«

»Gewiss weiß ich das – ich bin kein Romanheld, der sich über den Ernst und das Gewicht der Weltverhältnisse täuscht. Aber ich habe die Hand nicht nach einer Blüte ausgestreckt, die zu hoch für mich hängt, sondern nach einer, die die Welt unter ihre Füße treten wollte, die von allen, allen aufgegeben war, selbst von Ihnen, lieber Pate! Es kann sein, dass die Hoffnung, die zur Stunde Prinzess Hildegard und mich belebt, nie Wirklichkeit wird – dass ich jahrelang an der Entscheidung zu tragen habe, die ich mir heraufbeschworen habe. Doch wird mir immer das beglückende Bewusstsein bleiben, dass dies holde Geschöpf nur dadurch gerettet werden konnte, dass ich doch den Willen hatte, sie auf meinen Armen in ein neues besseres Leben hinüberzutragen, und das wird mir Trost und Genugtuung sein.«

Professor Heiding blieb einige Augenblicke schweigend, dann sagte er: »Geschehe das Beste, was du hoffst! Und wie denkst du dir die Operation – wessen Hand soll sie vollziehen?«

»Keine andere als die meine!« entgegnete der junge Arzt fest. »Ich allein habe die Hoffnung festgehalten, mir allein hängt meines Lebens Seele und Seligkeit am Gelingen des entscheidenden Schnittes.«

Er blickte bei diesen trotzigen Worten von Heiding hinweg, der Professor sah wohl den Ausdruck von Misstrauen, der die Züge seines jungen Schülers entstellte. Er fasste Erwins Arm, sodass ihm der junge Mann sein Gesicht voll zuwenden musste, und sagte leise; aber nachdrücklich:

»Schäme dich, schäme dich in den Grund hinein, mein Junge. Deines alten Paten Hand wird in diesem Falle sicherer sein als die des Liebhabers, des heimlich Verlobten! Wenn du dich anstellst, als ob in deiner Hand das Leben liege, in meiner der Tod, so glaubst du ja selbst kein Wort davon und weißt, dass Erwin Heiding euch alle noch hinter sich lässt, weißt auch, dass er nicht vergisst, was ihm die Prinzessin von Grumbach jetzt außerdem sein muss! Ich habe dich zu meinem Beistand hierhergerufen – Beistand sollst du mir leisten, mehr aber nicht, Erwin, und ich denke, du gibst dich!«

Erschüttert und überwunden warf sich Erwin in die Arme seines väterlichen Freundes und Lehrers; er wusste, dass dieser der Pate des Lebens und nicht der des Todes sei. Die Umarmung beider Männer wurde durch den plötzlichen Eintritt des Landgrafen unterbrochen, der mit einiger Verlegenheit auf die Ärzte sah und dann ausrief:

»Die Herren verzeihen – aber bei der Nachhausekunft vernehme seltsame Dinge. Meine Schwester Hildegard hat mich rufen lassen – plötzlich anders gesinnt, – will die Operation wagen und leiden. Verstehe nicht, was vorgegangen ist – höre heraus, dass Herr Doktor Buchhoff neue Gründe für die Operation gefunden hat.«

»So ist's, Durchlaucht!«, erwiderte Heiding. »Der Beredsamkeit meines jungen Freundes ist heute Nachmittag gelungen, was wir noch diesen Morgen umsonst gewünscht haben. Der Jugend gelingt, was uns nicht mehr glücken will. Wir wollen denn auch nicht länger zögern, wollen unsere Vorbereitungen treffen und morgen zum Werke schreiten.«

Der stolze Blick, den Professor Heiding auf seinen jungen Freund und Schüler warf, gab dem Landgrafen zu denken. Er musterte Erwin von der Seite, und dann murmelte er in seiner abgerissenen Weise vor sich hin:

»Wär's möglich? Im Handumdrehen andere Entschlüsse gefasst? Was sich so ein Mädchen nur denkt! – glaubt, dass die Welt auf dem Kopfe stehen kann! Wird Augen machen, unsere Schwester Luise! Da es denn Hildegard selbst will – Glück zu, tut euer Bestes, ihr Herren, das Nachher wird sich auch finden – wie sich's – lieber Gott – immer gefunden hat!«

*

Frau Hildegard Buchhoff an Professor Heiding, Würzburg.

Berlin, Lessingstraße, 1. Oktober 1889.

Wir sind Ihnen, liebster Professor und Freund, die Nachricht von unserer glücklichen Einkehr in das eigene Nest noch schuldig. Die letzten Tage unserer Hochzeitsreise, bei Ihnen in Würzburg, stehen in so gutem Andenken wie die ganzen goldenen sonnigen drei Monate! Erwin hat die gehoffte Ernennung zum Ordinarius an der medizinischen Fakultät – Sie sehen, dass ich mich schon ganz ausdrücke wie eine Professorsfrau – hier vorgefunden, ist glücklich in seiner großen und segensreichen Tätigkeit. Er meint freilich, eine Kur, wie sie Ihnen und ihm im Schlosse Bergfeld geglückt, werde er nicht zum zweiten Mal unternehmen. Er schauert noch immer leise zusammen, wenn er an die Monate des vorigen Herbstes, an die bangen Wochen denkt, die bis zu meiner völligen Genesung verflossen. Umgekehrt denke ich an nichts lieber als an jene Zeit, in der ich meinen Mann erst ganz kennengelernt und mit jedem Tage mehr empfunden habe, was Sie unbewusst für die arme kleine Prinzess Grumbach taten, als Sie sich Erwins annahmen. Die schlimmen Tage des vorigen Winters, in denen ich meinen Entschluss, Erwins Frau zu werden, gegen Luise und all meine Umgebung (den treuen Jakob Franke ausgenommen) standhaft zu verfechten hatte, schwinden schon völlig aus meinem Gedächtnis. Sie sind mir, da ich mich geliebt wusste und Erwin liebte, auch nicht allzu schwer geworden. Und vollends habe ich es leicht gefunden, mich in die veränderten Verhältnisse zu schicken. Ich trinke mit durstigen Atemzügen die neue Lebensluft und fühle mich täglich gesunder und glücklicher in ihr.

Mein Bruder, Landgraf Heinrich, hat uns, als er zum Kauf von Jagdpferden hier war, seinen Besuch gegönnt. Er geruht, unsere Einrichtung »charmant, gar nicht mesquin« zu finden, ist verbindlich und achtungsvoll gegen Erwin, und ich rechne' es ihm hoch an, dass er das immer gewesen. Natürlich findet er es nach wie vor »seltsam«, dass ich lieber Frau Professor Buchhoff als Gräfin Schlichta werden mochte, obschon ihm die Ahnung aufgeht, dass ich das bessere Teil erwählt habe.

Als wir gestern im Tiergarten spazieren gingen, begegneten wir dem Jagdkameraden meines Bruders, dem Oberstleutnant d'Ardenne, der hier Militärattaché bei der belgischen Gesandtschaft ist. Er blieb stehen und redete mich in wunderlicher Verwirrung als »Durchlaucht Frau Professorin« an. Ich bat ihn, es bei der gnädigen Frau bewenden zu lassen, worauf er mir sehr erleichtert die Hand schüttelte.

Nun leben Sie wohl, liebster Freund, lassen Sie Gutes von sich, wie Sie versprochen, alle Monate hören. Ich schreibe Ihnen, wie ich verheißen, wöchentlich, und Sie sollen viel Gutes von uns vernehmen. Es ist gar keine Kunst, Gutes zu schreiben, wenn man Hildegard Buchhoff heißt und an Leib und Seele so gesund ist, wie ich mir niemals hätte träumen lassen, dass ein Menschenkind sein könne!